あゝ旧き良き昭和根性

デン爺

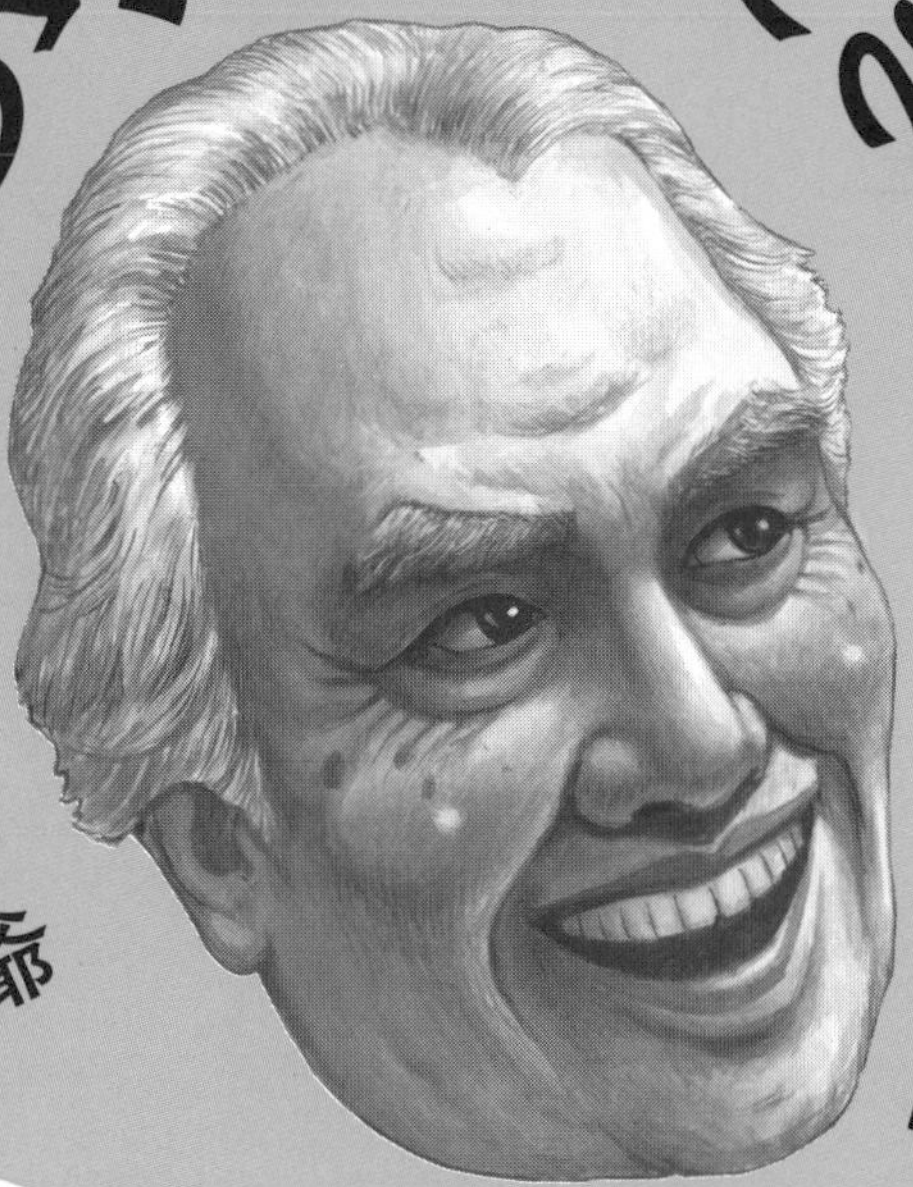

はじめに

老人界に旋風を巻き起こす男、デン爺です。

本書で私を知ってくれたみなさま、初めまして。ＹｏｕＴｕｂｅを見てくれているみんな、いつもありがとう！

あらためまして私の名前はデン爺。ＹｏｕＴｕｂｅで「Dangerous 爺ちゃんねる」を運営している、現在八六歳のいわゆる後期高齢者だ。

高齢者のＹｏｕＴｕｂｅｒも増えてきたが、本書刊行の現在、おそらく日本で最高齢の男性ＹｏｕＴｕｂｅｒだと自負している。

二〇一九年二月、私が八一歳のときに、ＹｏｕＴｕｂｅをスタートした。

一九三七（昭和一二）年生まれ。会社員や自営業などを経て、七八歳のときに現役を退いた。

私はそれまで、パソコンなどというものは、書類作成などができる程度にしか扱うことができなかった。動画を視聴すらしたことはなかった。

それがなぜ、ＹｏｕＴｕｂｅを始めることにしたのかというと、テレビで同年代のＹｏｕＴｕｂｅｒを見かけたことがきっかけだった。

加えて、当時見たニュースも、私の背中を押した。「小学生に聞いた将来なりたい職業」の一位がＹｏｕＴｕｂｅｒだったのだ。そんなに魅力のある仕事なら、やってみようと思ったのだ。「ボケ防止になるカナ」とも思った。

それが、八〇歳を過ぎてから、こんなにおもしろい趣味が見つかるとは思っていなかったというほど楽しんでいる。

ビデオカメラを準備し、自身のトーク姿を撮り、孫にアドバイスをもらいながらパソコンを使って動画編集も行っている。今では、ＢＧＭや字幕もつけられるようになった。

長時間のパソコン操作は老眼に堪えるが、「おもしろかった」といったコメントをもらうと報われる思いだ。

投稿の期間を空けてしまうと、動画をあげたときに「デン爺生存確認！」なんてコメントをくださる方もいる。温かく見守っていただいていると感じている。

そんな視聴者のみなさんの応援のおかげで、本を書かないかとのお声がけをいただいた。

果たしてなにを書こうかと考えたとき、ただ自分の来し方を書き連ねるのではなく、応援してくれている若い方々に還元できるものにしたいと考えた。ありがたいことに、この私に質問を寄せてくれる方々がいる。若い方々にとって、なにかの参考になればと思い、この本では視聴者のみなさんから多く寄せられる質問について、回答していくことにした。

私の経験を振り返りながら、伝えられるものもあるのではないかと筆を執ったしだいだ。

昭和の時代には、今では考えられないような考えや物事がまかり通っていた。昭和の当時、当たり前だったパワハラ、ブラック営業、偏見や差別、そして私が北朝鮮にいたときの話……中には驚くものもあるだろう。

しかしその陰に、当時の生きる知恵や生き抜くための力があったことを感じてもらえたら嬉しい。

そして、そうした「常識」を少しずつ改善してきた今の時代も悪くない、きっと未来もよくできる……と思ってもらえれば嬉しく思う。

デン爺

め、ー旧き良き昭和根性　目次

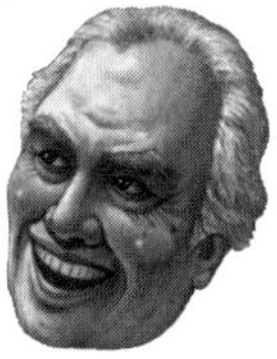

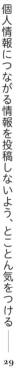

第二章

昭和のスーパーブラック労働を戦ったデン爺による、働くことについての一考 ―― 54

第三章

北朝鮮に八年住んだデン爺による、日常の美しさについての一考

第四章

イラスト　田川秀樹
デザイン　藤塚尚子（etokumi）
DTP　有限会社エヴリ・シンク
校正　鷗来堂

第一章

昭和を駆け抜けたデン爺による、現代を楽しく生きることについての一考

昭和、平成、令和……
いい時代も悪い時代も生き抜いてきたデン爺。
時代を経て、豊かになっているはずの現代に、
なぜ渇きを覚えるのか？
青春、就職、起業に結婚、子育て。
さまざまな体験から、
令和を生きる若者たちの悩みに答えます。

Q

物心ついた頃から携帯電話があり、
スマホを持つのが当たり前、
ＳＮＳをやって当たり前の生活です。
確かにとても便利な世の中ですが、
これがよいことなのか、
ふと疑問に思うことがあります。
デン爺はどう思いますか？

―― 20代・男性 ――

老人界に旋風を巻き起こす男、デン爺です。

四年ほど前、あるご高齢のインフルエンサーにインスパイアされてＹｏｕＴｕｂｅを始めたんですよね。当時は、男性の高齢者インフルエンサーもまだいなかったというのもあったそうで……。ＹｏｕＴｕｂｅをやってみて、実際今はＹｏｕＴｕｂｅをどう思っていますか？

私にとってＹｏｕＴｕｂｅは、今ではなくてはならない存在となった。
しかし不思議だ。働き続けていた頃はもちろんのこと、世にＹｏｕＴｕｂｅの存在が知られはじめたときから、数年後には自分がカメラに向かってくだらないことや真面目なこと含めしゃべり続け、それを世界に発信するとは夢にも思ってなかった。結構地味で細かな作業が多いのだが、それを差し引いても、老後の人生に間違いなく彩りを与えてくれているものだと思う。

なかなか聞くことのできない経験について聞けるのはとても楽しいです。ほかの昭和の人たちがどんな経験をしてきたかも聞いてみたいところです。

私の経歴は決して華やかなものではない。自慢できるものも少ない。ただそれをおもしろいと思って視聴しに来てくれる若い人たちのファンがついてくれたことは感無量である。大体、年寄りの話なんてものは、煙たがられることも多々あるからね……。

中には、激動の昭和の時代からエリート街道、経営者人生を突き進んできた猛者たちもいるだろう。そういった方々も、これから情報発信をしてゆくのかと思うと、ワクワクすると同時に「なにくそ負けるか！」というよい刺激にもなっている。

◆SNSは世代間の溝を埋めるもの

そもそも、高齢の方々には「ＳＮＳ」と言われても、用語そのものの認知度はまだ低いし、すぐに理解できる方々も少ないであろう。たとえを用いて説明するのであれば、**“相手の顔を見ることができ、電話含めて一日に好きなだけやり取りができる文通”**が最もしっくりくるのではないだろうか。

私はかつて、ガラケーすらも使いこなせていなかった。しかし、ＹｏｕＴｕｂｅを始めてから世の中に便利なＩＴ通信ツール、ＳＮＳがたくさんあることに気付かされ、魅力を感じている。ＩＴを駆使して私生活から趣味、ビジネス含め、挑戦したいことが山積みだ。

情報発信している中でどういったことに「良かった！」って思いますか？

これはＹｏｕＴｕｂｅに限った話ではないかもしれないが、ＳＮＳが発達した昨今、世界中の人と、国籍性別身分関係なく情報共有できるといったメリットがよく挙げられているが、**私は「世代を超えた情報共有」に、非常に大き**

なメリットを感じているね。

なかなか文字だけでの情報発信だと難しいこともありますからね……。

特にＹｏｕＴｕｂｅでは、動画という媒体を通じて視覚、聴覚を駆使し、若者たちは先人たちの話を聞き、年寄りは今の文化を知ることができる。それによって、世代間の垣根を超えることができると思っている。

若者と年寄りは今まで別世界の住人のような溝があったわけだが、それを埋めるのに大きな役割を担っているのではないかと思っている。

現に、若者文化に触発されてネイルに行くおばあさん、アプリ決済を使うおじいさん、ＹｏｕＴｕｂｅで大昔の曲を聴く若者などもいて、よい世の中にしていっているのではないかと思っている。

少しでも興味があるお年寄りには、恥ずかしがらずどんどんＹｏｕＴｕｂｅに挑戦していってほしいと思うね！

確かに、ほかのお年寄りの特技とか回想コントなども見てみたいです！　これから高齢になっても個人でビジネスをして、その際にＳＮＳ使う人も増えそうですね。

自分で不動産の事業を興したときに、もしＳＮＳがあったら、ＹｏｕＴｕｂｅとＴｗｉｔｔｅｒはマストで使っているね。動画で内覧撮影すれば静止画よりイメージしやすいし、物件情報をＴｗｉｔｔｅｒに掲載しておけば、リツイートで他社に紹介、イイネやリプライで興味の有無の確認、ＤＭで交渉なんてこともできそうだからね！

法人個人問わず参考になるアカウントはただ眺めるだけでなく、どういう工夫があるのかも見たりしているよ。もちろん、今は住宅情報などそれぞれの専門分野に特化したサイトもあるけど、掲載料が必要だ。そこへいくと、ＳＮＳはなんてったって基本無料で使えるからね。これは本当に大きい。

後に詳しく述べるが（p.94）、私が起業に失敗したときも、もし現代のツールを使えていたら、だいぶ結果も変わっていたのではないかとすら思う。

ちなみにもし若者に戻れるなら、建築家とか弁護士をやってみたい。

現代の若者はビジネスでも使ってる人ももちろんいますが、友だちの近況確認や自己アピールに使ってる人が多いと思いますね。昔の同級生たちと再会したときなんかでも「懐かしい！」って気持ちは年々、薄れてきているかもしれません。
たった十数年で文章……静止画コンテンツから動画コンテンツへ一気に変わったなぁと思いますすね。

◆加速する現代を生きる若者たちのすごいところ

連絡も情報発信のスピードも、今は段違いに速い。

携帯片手にアプリ一つで通話、メッセージを送ることはもちろんのこと、動画や画像まですぐにリアルタイムで送ることができる。

手書きで手紙を書き、写真を現像し、封をし、切手を貼って郵送し、数日かけてコミュニケーションを取っていた我々の時代からすると、考えられないスピードだ。相手の返事をどきどきしながら待つという気持ちもかなり薄れてきた。

昔は、テレビか雑誌の取材にでも出演しない限り、個人の思想や意見などを一般大衆に伝える機会などなかったが、今では携帯一つで、しかも文章ではなく動画で発信できる。不特定多数の相手の反応も、すぐにチェックできる。

入ってくる情報量には凄《すさ》まじいものがあります。とても、じっくり時間かけて見てられない！　情報を捌《さば》く能力も大事だと思います。

以前、ＹｏｕＴｕｂｅをしている若者たちとコラボ動画を撮影させていただく

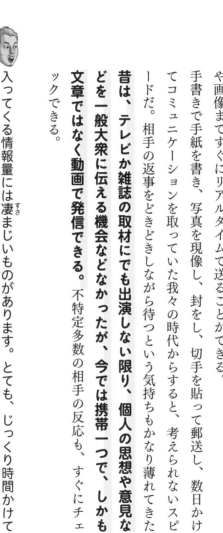

機会があった。驚いたのは、彼らの会話のテンポがとても速いこと！　親しい間柄だからこそというのも、もちろんあるかもしれないが、一言二言交わしただけで意思疎通ができている。

撮影中も、そこここで動画を止めて指示を出し、案を練り直していて、いつ撮影が再開したかも、ほぼわからなかったほどだ。「それはあんたがじいさんだからだよ」と言われればそれまでだが、私の若い頃を思い返しても、そこまでテンポが速かった記憶はない。

非常に頭の回転を鍛えられるというか、ボケ防止のうえでも効果があると感じる。

時代と共にテンポの速さに磨きがかかっているってことですか？　ほかにもそう感じたことはありますか？

これに似たもう一つが、文章を読むスピードの速さに驚いたことだ。携帯のメ

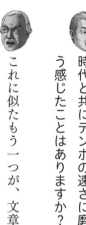

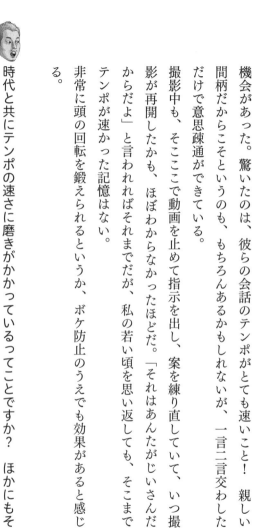

モを一目見ただけで、内容が頭に入っているようだ。

「最近の若者は本を読まない！」などと一部で嘆かれているが、ものを読んで理解し、話すことについては、むしろレベルが上がっていると感じた。これも動画含め、表示スピードの速い媒体に触れてきた賜物ではないだろうか。

確かに、必ずしも紙の活字を読むことだけが情報処理のスピードを上げるわけではないですもんね。

ＹｏｕＴｕｂｅで生計をたてる「ＹｏｕＴｕｂｅｒ」と呼ばれるには私はまだまだだが、テクノロジーの恩恵はかなり受けている。これらが個人の活躍にもつながっているとつくづく感じる。誰にでも名を上げるチャンスがあるというわけだ。
とはいえ、ゆっくりマイペースな性格なのは変わらないと思うので、現代の忙

しい時間の流れに乗るには苦労すると思う。いろいろ便利になったぶん、やるべきこともっと増えているだろうと感じる。

SNSで情報発信する際、デン爺だけでなくほかのお年寄りたちもそういった点で苦労するかもしれませんね。まずどうしたらいいと思いますか？

まず、スマホを持ってみることを世のお年寄りたちに勧めたい。

一つ目は、スマホについているカメラ機能だ。驚くほどに最近のスマホのカメラは画質も素晴らしく、手ブレもしにくい。写真を撮るのが好きな人はお年寄りにもかなりいるので、散歩ついでにその辺を撮影したりなど、よい暇つぶしの友になると思う。

なお「老人あるある」で、家に白黒の大量の写真アルバムが場所を取り、処分に困ってる人たちもいると思うが、基本的に、大事な昔の写真はスマホのデータの中に入れておけばよいのだ。

容量さえあれば、何枚でも保存しておけますからね！

二つ目が無料のアプリ通話。これはおばあさまたちは特にだが、お年寄りは長話が大好きである。しかし携帯を持ってみたものの、通常の通話だと出費がかなりの痛手になりうる。

情報を入手したり利用したりする力に欠ける「情報弱者」が高い金を払わされるのは、いつの時代も同じなのだ。

高齢者のスマホユーザーも増えてきましたが、使い方や便利な機能をきっちり教えてあげられるようにしたいですね。

Q

誰でもなんでも投稿できるＳＮＳですが、
連日、「悪さ自慢」をする人が絶えません。
また、匿名をいいことに
悪口も言いたい放題です。
ＳＮＳの利用が怖くなります。

――40代・女性――

あの世と仮想空間を行き来する男……デン爺です。

さっきはＳＮＳを通じて、現代のよいところを言ったが、その逆で、ネガティブに感じることもある。

ＳＮＳは、どのような人間でも簡単に始められるが、いわゆるならずものも目につきやすくなり、彼らから悪影響を受けやすくなったことだ。

拡散性があるぶん、悪影響や害を及ぼす速度も昔と比べ物にならないからね。

昔はテレビがそうした立ち位置だったかもしれないが、今は、子どもたちが親が見ていないところでＹｏｕＴｕｂｅを視聴したり、ほかのＳＮＳや媒体のアカウントを作っていたりするので、親が気付きにくいと思う。

だから、主に未成年者が心配だね。年齢的に見てはいけないもの、もしくは中毒性の高いものに限って、子どもはどっぷりその世界にはまり込んでしまう。

画面も小さいですし、イヤホンまでしていたら、何を見たり聞いたり書いたりしているかわからない子も多く、親が全てを把握するのは無理ですよね……。

ＹｏｕＴｕｂｅをはじめとするＳＮＳでの発言は、多くの人間の目につきやすい。イイネや高評価をもらえば、さぞ自己承認欲求が満たされることもあるだろう。しかし、それが時には誹謗中傷につながり、事件の当事者になる可能性もあるということだ。なにを書けば誹謗中傷につながるのかということも、若年者にとっては正直判断の難しいこともあるだろう。

特に日本人はネットで悪口や誹謗中傷を書いてしまう傾向にある……というのを聞いたことがあります。日本らしい「本音と建前」文化の弊害でしょうか。ぜひ、誹謗中傷を検知して表示させない機能などが欲しいところです。

最近では、ＹｏｕＴｕｂｅでも通報機能や誹謗中傷と思われるコメントを自動で検知して表示させないようにする機能も出てきているが、私が考えるに、一番重要なのはやはり教育であると思う。

これはYouTubeに限った話ではないが、英語やパソコンの教育など、そのときどきの時代で、力を注ぐ教育が変わるが、それが今はSNS関連だと思う。SNSを使用する人口の増加には目をみはるものがある。**どういった言動が法に触れるのか、どういったケースが事件に巻き込まれやすいのかを、義務教育で指導していくべきであると私は考える。**

◆個人情報につながる情報を投稿しないよう、とことん気をつける

意図せず発信者の個人情報が特定されやすいのも大問題だ。未成年や子どもでも発信者はどんどん増えてきている。子どもが発信者となっていることを親が把握していない場合、知らず知らずのうちに子どもに危険が及ぶのだ。家や学校にも突撃されるかもしれない。これは本人だけでなく友人や家族などといった同居人にも迷惑がかかる。

部屋の間取りや窓からの景色が手がかりとなって、住まいなどが特定されやすいことは有名だが、投稿内容から個人情報を特定することに長けた「特定班」と呼ばれる連中もいるらしく、悪質な人も増えたものだとつくづく思う。

小さな油断が身バレにつながるのも怖いことです。SNSを使う際は、細部まで気をつけないといけませんね。

このデン爺も、視聴者の方が家まで来られたことがある。九州からはるばる車を飛ばして来た男性ファンがいた。善人ではあったが、庭の風景で大体の家の場所がわかったらしい。**極力特定されないように気をつけていたつもりでも、わかってしまうことがあるのだ。**

もし彼が強盗犯のような極悪人であった場合どうなっていただろうか。私だけでなく妻もいたので、二人とも危なかったわけだ。

そのほかにも、賃貸でなくマイホームを持っていた場合、危険を感じたらすぐに引っ越すということも難しい（この場合も家族がいればなおさらだ）。

SNSは、非常に便利で情報発信ができ、ビジネスにも大いに役立つ一方で、これまで挙げたことについて、日々気を抜くことなく肝に銘じておくことが重要であると思うね。

Q

生活がカツカツで、
贅沢品や趣味に使えるお金がありません。
今の若者は欲がないと言われますが、
そんな余裕がないだけです。
贅沢ができていた昔が羨ましいです。

20代・男性

顔がブランドのロゴとなりつつある男……デン爺です。
当時、特に一九七〇年代、一九八〇年代は、いい車に乗っていることがステータスという考えだった。高い家も、時計などのブランド品も売れに売れた。

やはり昭和から平成初期のバブル経済は華やかなイメージがあります！　毎日一生懸命働いて、夜はディスコで飲み、踊り三昧……羨ましいです！　不動産も買って売れば儲かった時代ですよね。
もちろん、僕がイメージするとおりの生活に当てはまらないという方もおられると思いますが、「この先も順調に日本が成長し、先行きも明るく給料も着実に増えていく」という雰囲気が漂っていそうで、前向きになれそうな時代だなと想像しています。
ちなみに個人的には、高級車は羨ましいと思わないんですよね。メンテナンスの費用がかさみそうだし、傷がつかないように神経を張り巡らさなきゃいけなさそうだし、盗まれそうだし、労力を金で買ったような気がしてしまうんです。

「これだけ稼いでやるぞ！」であったり「マイホームを持ちたい！」「社長になりたい！」とかが、昭和の主な欲望や野望であったように思う。それこそ大金を稼ぐのであれば独立して当てたり、勤め人であっても完全歩合制の会社でがつがつ稼げばいいのだが、あくまで社員、それもできれば安定した大手企業で、というのが大前提であった。

しかしもし若者に戻れるなら、私は車も持たないだろうと思う。家ももっと慎重に選ぶだろう。

今は「いい車を持ちたい」という人は全体では少なくなっているかもしれませんが、やっぱり好きな人は好き。趣味が細分化されたんだと思います。今でも車や時計にお金を使っている若者ももちろんいます。

ただ、それより旅行や食事、「映える」写真を撮ったりと、「体験」にお金を使ってる人の方が多い気がします。モノからサービスへ、お金を使う時代へシフトしていったのだと思います。

これも僕の個人的な想像ですが、東京と地方でも違いがありそうです。東京と地方、両方に住んだことがありますが、やはり東京のほうが、高級品や住んでる場所にこだわる人が多いような気がします。

◆生き抜くことを考えないといけない時代に逆戻り

いい車に乗っていることがステータスだった当時は、後先のことを考えない刹那主義だった。もっと長期的な視点を持つべきだ。

「長期的な視点」とは、どういうことですか？

長期的な視点というのは、主に金銭面についてのことが大きい。例えば車なら、購入時の価格はもちろんのこと、ガソリン代、車検、手入れにかける

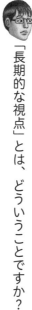

時間など人生トータルで考えるということだ。

仮に二〇歳から七〇歳までの五〇年乗った際、乗り換え含めてどれくらいのコストがかかるか、それを老後にまわしていたらどれだけゆとりが持てるのかも天秤にかけて、よく考えるべきだ。

「いいものを買うのがモチベーション」という人もいますね。

もちろん、高級車が本当に好きで、そのために頑張れるのならそれでもいい。**しかしながら「仲良しの友だちが乗ってるから」「一定数の異性にモテそうだから」という理由は、個人的にはおすすめしない。小さな見栄などのために投資するにはあまりにもリスクが大きすぎる。**こんなことを言うと、車のディーラーさんに怒られそうだナ。
ちなみに私は、物欲はあまりなかったほうだと思う。「アレが欲しい、コレが欲しい」というのは思わなかった。どうしても欲しいときはできるだけよいも

のを持ちたいと思っていたけどね。

デン爺の時代より明らかに物質的には豊かになりましたし、生活も格段に向上しているはずですが、僕のまわりを見渡すと、暗い未来しか見えていない同世代も多いです。

今の人は刹那的な人は少なく、むしろ先のことを考えすぎて億劫になったり病んだりしてる人も多いんじゃないでしょうか。連日、少子化、低賃金、不景気、社会保険料の負担額増加、将来の年金受取額の減少、増税などなど……不穏なニュースばかり飛び交うので、さすがに不安になります。

まわりでも早くから積み立て貯金をしたり、一生独身宣言したりしている人もいますが、まずは自分の人生を優先に、そして安全に渡りきるのが先決！　という考えが強くなっているように感じます。

賃金も長らく上がらず税金だけ増えるこんな世の中だ。そう考える若い人も多

いだろうな。

しかしこういった考え方は若者だけでなく、高齢者の間にも増えてきているのではないでしょうか。最近の高齢者と、二〇年、三〇年前の高齢者では、全く状況も違うと思いますし。

介護やお葬式の費用やどこに頼むかについて、生きてるうちに計画を立てておく高齢の方々が増えてるというニュースを見ました。身内がどうにかしてくれるのが前提という考えは少なくなってきてるのでは？　と感じています。

よく「若いうちはとにかく努力しろ」とか、「一生懸命働け」とか言う年配者も多いが、若いうちにしかできない娯楽もある。高齢になってからでも一定の娯楽は楽しめなくもないが、楽しさの度合いで言うならば、ほぼ半減すると思う。体力があって元気なときだからこそ娯楽も倍楽しいわけだ。仮に仕事を頑張りまくって稼いで貯金があったとしても、結局人生を振

り返ったときに、**趣味や娯楽の経験や思い出が、その人の人生と人間性に彩りを加えてくれるものだと私は思っている。**

もちろん、先のことを考えず豪遊三昧しろと言ってるわけではない。ひたすら頑張っていれば報われるという今までの風潮に対して、バランスが大事なのだと述べたい。そう考えれば、仕事が趣味だと言い切れる人は本当に強いな。

「あの世へお金は持っていけない」とはよく言ったものです。僕個人としても、「仕事が趣味」と言えるようにしたいなと思います。

Q

友だちがいません。
職場の人とも仲良くなれません。
人と仲良くなるコツが知りたいです。
デン爺のように愛される人になりたいです。

30代・女性

◆相手の話を聞くことから始めよう

まわりからの愛で窒息しそうな男……デン爺です。

自慢ではないが、私は小さい頃から人に救われるということが多かった。幼少期から大人になり、七八歳まで仕事をやり、仕事を離れて今に至るまで、いつも周囲にいろんなことで助けてもらっていた。

そんなふうにまわりの人に愛されるのはデン爺の人徳ですよね。どうやったらそんな人間になれるのでしょうか……？

私の場合は性格もあって、人の話をよく聞いた。聞くのはおもしろい。**目上の人の話は、たとえ知っているようなことでも、聞いておくと「ああ、そうなのか」と学びになることが必ずある。**

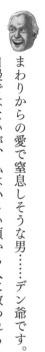

わからないことがあれば、質問をすればまた教えてくれる。だから、人の話はよく聞くようにした。

これはどの時代も変わらず大切なことですよね。自分の話ばかりして相手のことを知ろうとしない人は、悪い人でなくとも深く付き合いたいとは思えないと思います。

◆背伸びをしないこと

失敗はたくさんした。人生をもう一度やり直したいくらいだ。

しかし、失敗をしたときの後始末はしっかりやったと自負している。大きなことも小さなことも、後始末をしようという気持ちは常に持っていた。

失敗は生きていく中で避けて通れませんが、いざ失敗すると凹んでしまいます。

どういうマインドでいればいいのでしょう？

人と接するときに、背伸びをせず、自然体でいることを心がけていた。というより、いい格好をするというようなことが、うまいぐあいにできない性格だと言うほうが正しいかもしれない。

人間の見栄というのは根深いもので、ついつい格好をつけてしまうこともありますよね。金、権力、異性関係など、見栄を張りたくなるものはきりがないほどありますが、人の価値というのは、人と比べて優劣をつけられるものではありませんよね。

人と仲良くなるうえで、ある程度自分をアピールして、自分を認めてもらうことは必要だと思う。見栄を張りたいこともあるだろう。**そのときにも、風呂敷を無駄に広げないことが大事だ。ちょっと大きなことを言っても、「こ**

のくらいは引っ張ってもまだ結べるんだ」というくらいまでしか広げないことだね。

だからといって無欲で無気力になるのではなく、見栄を生きていくうえでの活力として活かしたいものです。

なんでも、身の丈に合ったことをやるのがよいと思うよ。背伸びしたらどこかで間違いが起きてしまうからね。

自分の考える身の丈が、自分に合ってるか否かの判断も難しいものだと思う。

やっぱりまずはいろんなチャレンジして経験を増やして判断材料にしていくしかないんじゃないかな。特に若いうちは！

第一章
昭和を駆け抜けたデン爺による、現代を楽しく生きることについての一考

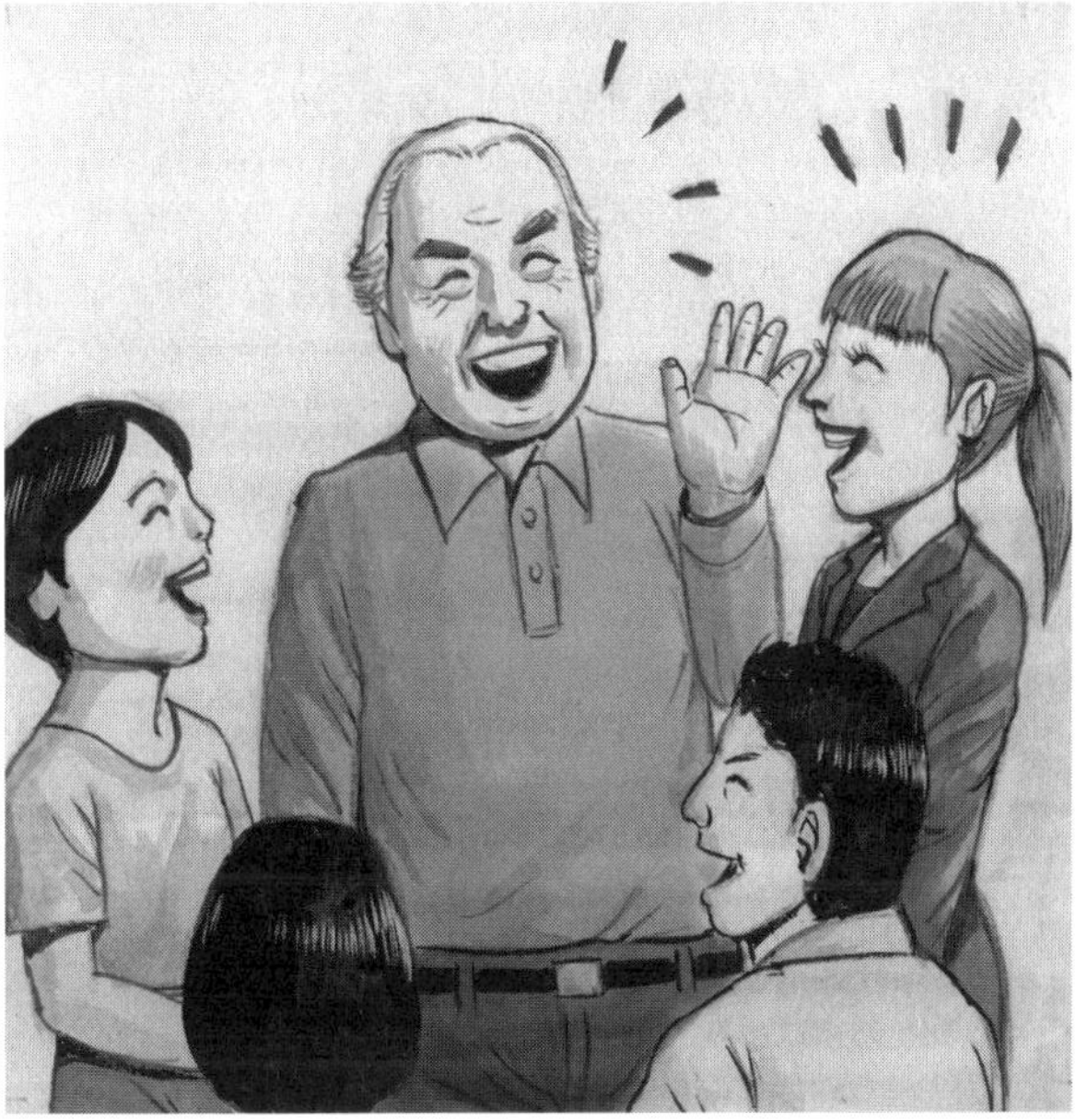

Q

「やりたいこと」もないですし、
大学を出たからと言って
いい仕事につけるわけでもないのに、
頑張って受験をして
大学に行く気になりません。

——10代・男性——

◆助け合いの浪人生活

あの世への受験は毎回不合格な男……デン爺です。

私は、大学受験では一浪した。その浪人生活中は、友だちの家の「離れ」の小屋を借りていたが、それも賃料なし食事付きという、まるで書生みたいな状態で、すっかりお世話になってしまった。

書生って、なんですか？

書生というのは、知り合いの家などに居候していた学生のことだ。無料のホームステイみたいなものだね。今は不動産を借りたり、学生寮みたいなところにみんな住んでたりするのかな。金がかかるという点以外では、そっちのほうが気は楽かな。

子どもの友だちを無償で面倒見てあげるって今では考えられないなぁ。昔はそういう人が多かったんですか？　食事なども面倒見てもらえるんですか？

食事の時間になったら、友だちのお母さんが母屋から「ごはんですよッ」と呼んで教えてくれた。

そうして母屋へ行くと、丸いテーブルに友だちと二人分のご飯とおかずが用意されていた。私は食事が終わったら「ごちそうさま」とだけ言って、また離れへ戻って勉強していた。

それはある意味、すごくよい環境ですね！　大人たちの温かみみたいなのを感じるなぁ。子どもの友だちとはいえ、他人が家にずっといるだけでも我慢ならないって人も少なくないだろうし……。

よくまあ、あんなに面倒を見てくださったものだと感謝感謝だ。この場を借り

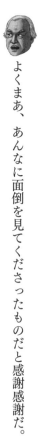

て、心からのお礼を申し上げたい。

当時はみんなが貧しかったがゆえに、助け合うのが当たり前の時代だったのかなぁ。現代は自己責任の時代だと思います。仮に今、友だちの家に下宿することになっても、きっちり家賃やルールを決めないとトラブルになりますよね。

◆大学に行く人のほうが珍しかった

私が受験生だった昭和二〇年代後半は、ちょうど就職難だった。「大学は出たけれど」と言われた時代だ。もっとも、だからといって進学に魅力がないのではなく、多くは経済的理由であったと思う。

大学に進学しなかった人たちの中には、一つのことを極めて職人などになろう

と、「憧れの師匠」のところへ弟子入りとかする人たちもいたんですか？

それがそうとも限らない。確たる自分の職業を決めているものは少なく、多くは漠然とした幅広い職業を意識していたと思う。
そういうわけで、昭和二〇年から三〇年代頃は、そこまで学歴社会ではなかったように思う。学歴への憧れはあったと思うが……。

大卒は当時、珍しかったらしいですね。受験は大変でしたか？

私は高校生のときはボクシングに打ち込んでいた。そのぶん勉強はおろそかになった。しかし、ボクシングを頑張った甲斐があって、学生アマチュアの関西チャンピオンになることもできた。関西ではいわゆる名門と言われる私立大学二校からボクシングの推薦がきていたが、家庭の金銭的な事情で断念した。
結局、次の年に浪人して関西の外国語系の大学へ、奨学金を借りて進学したん

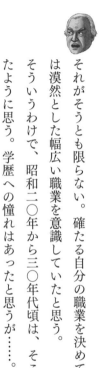

だけどね。

今思えば、まわりに頭を下げてお金を借りるなどして、推薦をくれた二校のどちらかに進学しておけばよかったとも思う。

しかし、大学でなにを学んだのか、どういった実力がついたのかなどは、ほとんど覚えていない。遊んでばっかりいた記憶だね。そう考えると、自分の子どもたちや孫たちに勉強がどうのこうの言える立場ではないという意識も、そこからきているのかもしれない。

◆中卒が歓迎された時代もあった

昭和三〇年代当時は、地方の学卒者（中学・高校卒）が大都市の中小企業や商店などへ集団で就職する「集団就職」が多く行われていたが、私も田舎から電車に揺られ、町の中小企業に入った。

私は大学卒業後、今の妻の父親が経営している兵庫県にある会社に新卒で入社した。妻とその家族には、中学時代から仲良くさせてもらっていたので、今で言うところのコネ入社というものだな。

当時は、コネ入社が企業で当たり前だったんですか？　僕もコネ入社でどこか入りたいなぁ！

昭和三〇年代後半、まもなく高度経済成長期に入ると、どこの業界も人手不足に陥った。大卒よりも安く雇えて、体力があり、長く働ける中卒者は「金の卵」と言われた。個人的には、こう言われた所以は、若ければ若いほど柔軟で会社の色に染めやすかったからというのもあったのではないかと思う。

今頃はいわゆる受験の燃え尽き症候群なのかな、すっかり目標を見失い、大学という自由な環境で留年、退学という人も多いと聞きます。

きっと、数年先まで想像しながら、自分の将来……進路設計の目標を立てて、それに向かって逆算して行動したり勉強したりすることが大事ですね。

日本の大学、特に文系は現実問題として通ってまで習得する学問があるのか疑問視する知識人も中にはいる。結局みんな遊びほうけてしまうから、と……。しかしこれには日本の制度などの問題もある。

いずれにせよ、すぐに状況を変えるのは難しい。**その中で人脈作りや自分でビジネス英語を学習するなど、そのとき自分にできることをしっかり頑張っていれば、ほかの学生とはかなり差をつけられるんではないかな。**

第二章

昭和のスーパーブラック労働を戦ったデン爺による、働くことについての一考

働いても働いても、豊かさを感じられない現代。
働けば働くほど、未来は明るいと
信じた時代があったとはとても思えないほどです。
そんな時代に働く意味とは？
就職し、昭和の〝企業戦士〟として戦い、
さらに当時では珍しい脱サラから起業したデン爺。
社員として、経営者として
仕事と向き合ってきたデン爺が
現代を支えるあなたを元気づけます。

Q

営業職をしていますが、
コミュニケーションが苦手で、
仕事が苦痛です。
コツを教えてください。

40代・男性

◆売ることに愚直であれ！

鏡の中の自分に本気プレゼンする男……デン爺です。
昔の営業は今では許されないような荒業もたくさんあった。
私が学生だった昭和二〇年代は、戦争が終わって、まさにこれからというときだったから、まさに食わんがための営業をしていた。

今でも使える技ならぜひ使ってみたいです。ここでおっしゃる「営業」とは、スーツを着てサラリーマンとして……という意味ではありませんよね？　どういう営業だったのでしょう？

物売りも多かった。リヤカーに野菜や花を積んで一軒一軒の玄関を開けて、「いらんかね」と声をかけながら町内を回るのだ。今で言う「ルート営業」だ。
私のところには、納豆売りの少年が朝やってくるから、それを買い求めたりも

した。

あとは、鍋釜の修理屋も地域を回ってきていた。アルミの鍋なんかを使っているとひびが入って水が漏れてくるということがあったので、それすら直して使った時代だった。

ほかにも靴の修理、こうもり傘の修繕や販売で即訪ねて声をかけてきて、必要なものがあればいろいろそこから修理してもらったものだ。

訪問販売もよくあった。自分が所属していないのに大手の会社の名前を出したり、約束をしていないのに約束していたとかなんとか言って、無理やり家の中にあがりこんで商品を紹介するようなこともあった。

インターネットも電話帳もまだなかった時代ですから、自分の足で訪問して数をこなすしかないですよね。でも無茶で悪質な訪問販売は、今なら確実に法的に問題になります……。

ほかにも、今ではとても考えられないことも行われていた。新聞社での例だが、その昔、今の『会社四季報』に近い本があって、会社の情報や業績を紹介していた。それは会社の業績や戦略のみならず、会社の社長の出身地とか出身校、家族構成、奥さんの趣味だとか生年月日、趣味とか、ご子息ご令嬢の学歴とかそういったことまで必要以上に網羅していた。

大会社の社長も、取材といえばアポが取れるもので、アポを取ったらそこで社長のほかにも、家族や役員のことまでこと細かく取材していく。

……なんでそんなことを？

滔々《とうとう》といろんな話をしてもらった後で、「ありがとうございました、御社も頑張ってください、社長失礼します」ということで、席を立ったそのときに、「実はちょっとお願いがありまして。今、我が新聞社ではこういった企画をやってますんで、御社の協力をお願いできないでしょうかね」って営業の資料をおも

むろに出して、広告出稿の案内をしていた。これが目的なんだな。

相手が安心したところを一気に仕留めにかかるのですね……。それにしても、かけておられる労力がすごい！　その情熱は見習います。

これをやるのに、取材で一時間でも二時間でも使うわけだ。

そうすると、社長や役員のほうも「しょうがないな、うちの宣伝にこれだけ協力してくれてるんだから、こちらも協力しようか」ってことで、広告を出してくれる。こんな手合いを大手だけじゃなくて、中小企業の社長でも同じことをやっていた。

悪質なだまし討ちのような営業は今は当然許されないが、そういった営業もあった。**とにかく、「食わんがな」という気持ちがみんな強かったんだろう。絶対に売ってやるという負けん気はあったと言えるかもしれない。**

今で言う「顧客のニーズが」だとか「関係性を深めて」なんて微塵もなかった。

ただその日その時その場で売れるのか否かだ。

そこまであからさまな……ある意味人間臭さ？　のある営業みたいなものは、今は少ないかもしれませんね。

◆必要としている人に、必要なものを

商品の当選詐欺、ワンクリック詐欺とか、いろいろ新しい犯罪が出てきている。高齢者を狙ったものも非常に多い。

ガス漏れの点検をすると言ってやってきて、「これはもう買い替えたほうがいい」と、三〇万、四〇万と、ふっかけられてしまったりするが、ライフラインに関わることで、いかにもありそうな名前や大手企業の名前を出されたりすると、ついつい心配になって契約してしまったりする。

生活に関わりそうなことを言われると、焦ってついつい信じてしまいますよね。

ここ数年のコロナ自粛で家庭におられるときも、こういった状況を利用して儲けてやろうという悪徳業者もいた。電話ではなかなかうまい口上をまくしたてて、断りにくくするらしいんだけど、**被害を避けるために、自分の本当に必要な物以外は断ることが一番だ。**

便利なテクノロジーが凄まじい勢いで進化していくように、詐欺まがいの営業手法も時代に合わせて進化していますね。こうしたイメージから、営業職を志す若者が少なくなっているように思います。

一昔前まで、営業は根性で数あたって何回も足を運ぶといったことが美徳とされてきた。しかし、今ではそれは迷惑行為になりかねない。電話が何回もうるさい会社だとか口コミに書かれてしまう。

私自身は苦手であっても、営業職は素晴らしい仕事だと思っていますし、これからも全てなくなるとは思いません。企業が利益を出すには、物を売らなければなりません。

安価なものなら、ネット通販で気軽に購入できますが、車や家などはこれからも人を通して買うのではないでしょうか。よい商材であることは前提として、トレンド性があり、金額が大きく利益率も高いものであればベストですね。

営業のコツは、「商品を必要としていそうな相手に売る」に尽きるだろう。

そのためには見込み客の選定、アプローチ先の優先順位付け、競合分析、開発部署など他部署を巻き込み、顧客のフィードバックをして商品開発を推し進めるといったことが重要になってくるであろう。これを怠っているようではまず営業はできないだろうね。

根性と情に訴えて売るという行為が通用したのは、金があった昔の日本の話だ。

飛び込み営業や電話営業というのも、ゼロにはならなさそうですね。

現代でも少数、そういったことが通用する客もいるだろうが、人件費効率で考えたら最悪だ。遅かれ早かれ倒産の運命だろう。

営業職として就職したい場合その会社がなにを商材として売っているのか、売れそうなのかといった想像をしてみるところから既に営業としての仕事が始まっていると思っていい。

ここまで述べた点に関しては、内定後、同じ営業職の先輩社員などと話す機会を設けてもらい、根掘り葉掘り聞くのもよいだろう。前半、悪い営業の例ばかり話したが、私は素晴らしい職種だと思っている。

コミュニケーション能力は社会人であれば必須だし、自営業をするにしても、営業の能力はまず必須だ。一生営業職につくかはさておき、人生で一度は経験してみて絶対に損はないと思う。

第二章
昭和のスーパーブラック労働を戦ったデン爺による、働くことについての一考

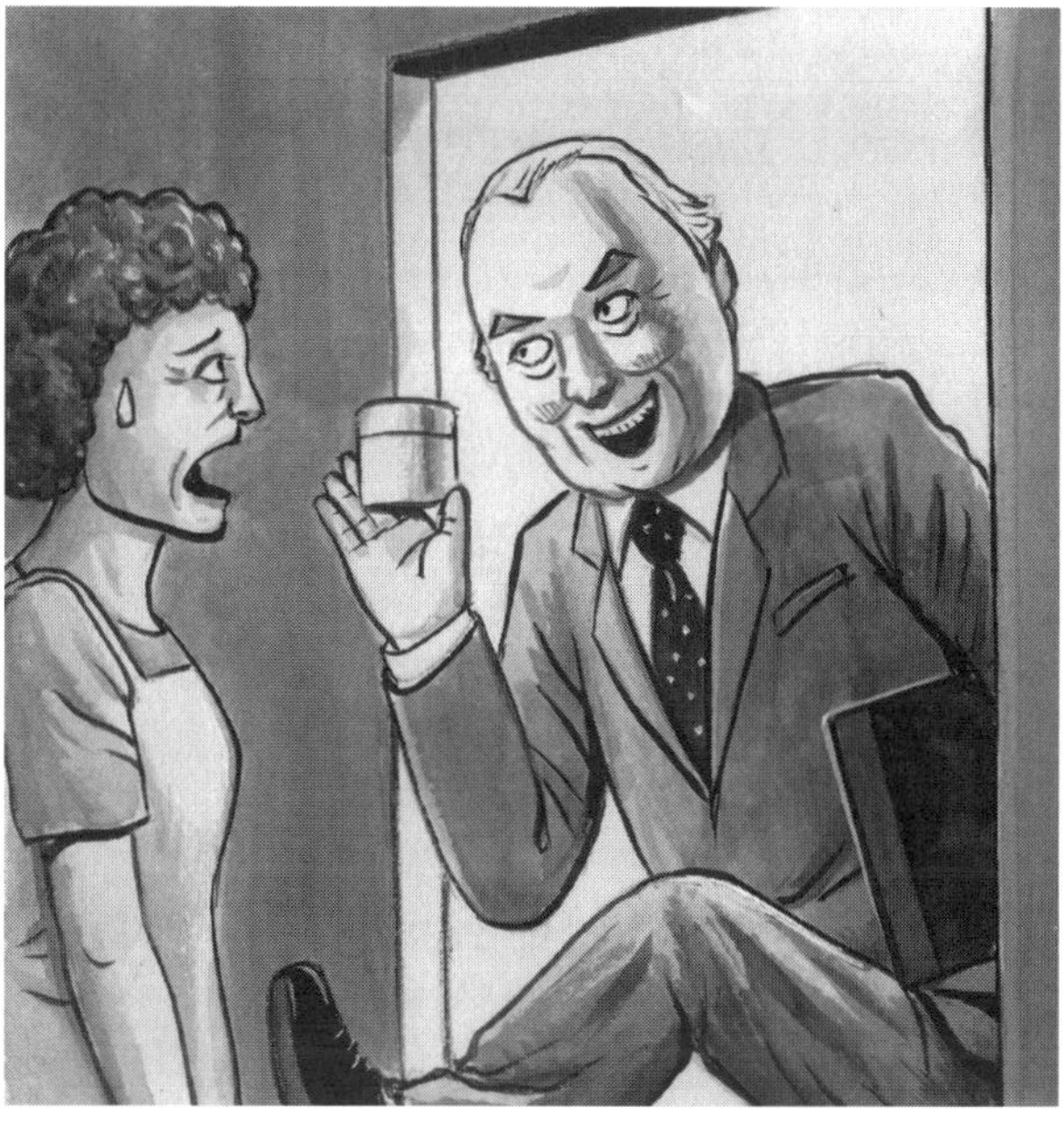

Q

会社がブラックでしんどいです。入社して一年ほどですが、辞めたいです。しかしそのことを親に相談すると、「根性がない」と怒られます。

――20代・女性――

アメとムチならアメしか与えない男……デン爺です。
私が入ったのは、中小企業だったが、それでも入社当時一三〇人くらいはいたかな。小さな会社で、社員のほとんどが男性だった。
私の場合、今の妻の兄であった親友の父親の会社に入った。それゆえに特別な扱いをしてもらっていて、なればこそ私は当然そこで骨を埋めるという気持ちで入社した。
しかし、私のようにコネで入った人でなくても、当時は終身雇用制度もあって、一度会社に入ったら、一生そこで働くんだという気持ちで入ったものだ。

最近、日本の終身雇用制度は終わってきていると聞きます。当時の終身雇用制度に加えて、よくお互いに知ってる間柄の方の会社ですし、やっぱり安心して仕事に取り組めたのでしょうか？

特に私の場合は、拾ってもらった身として、なんでもやる、なんでも覚えよう

と思った。

でも、その指導方法は今じゃ考えられないものだったと思う。**長時間の説教は当たり前。そしてその内容は「はんこがずれている」とか、揚げ足を取るような内容も多かった。それで何度もやり直しをさせて「君のためを思って言ってるんだから、期待してるんだから、そう落ち込まずにもういっぺんやってみなさい」とやる。**言われたほうはたまったもんじゃないが、当時はそれに口答えなんか絶対できなかった。

こだわるポイントが信じられません！

当時は、始業の一時間前に出社して、仕事を始めるのが当然だった。一五分前出社で「遅い！」と言われるくらいだ。上司のためにお茶を淹れるのも、部下の仕事だった。そのお茶がぬるいとか茶柱が立っていないとかくだらないことに目くじらを立てる人もいたが、それも珍しいことではなかった。

定時もあってないようなものだ。残業一時間で帰ろうものなら、「私の若い頃は深夜までやったもんだ」と怒られる。残業時間が長いほど愛社精神があるとみなされた。**愛社精神は、成績よりも重視された。**

今のパワハラは、こうした名残かもしれないので、申し訳がない。

最近はパワハラへの問題意識が強くなり、以前より減ってきているとは思いますが、似たような事例はいくつか存在しますよね。例えば早出と残業。「新人は早めに来て仕事を覚えなさい」「定時で帰るのは君だけだ」と、暗に残業を強要したりは今もあると聞きます。
きっと、メンタルケアの考えも普及していない頃だと思いますが、当時の社員たちは、なにを支えにパワハラに耐えていたのでしょう？

ただ単純に「収入のために！」だろうね。つらいとすらあまり思っていなかったと思うよ。職をなくすほうがよっぽど怖いという価値観であったはずだ。

意外と割り切った考え方をしていたんですね。そうした割り切りは今も大事かもしれません。

「そんな会社ならとっとと見切りをつけてしまえ」ということも、当時は難しかった。

今まで大事にしていなかった社員でも、いざ辞めると言われると困るので、「給料を上げる」「昇格させる」とかいうようなことを言って引き止める。

しかし、いざ残られても待遇は変えない。社員から「そういう約束だったじゃないですか」と話をしたって無駄で、「話が違う」というようなことは昔はよくあった。一九六〇（昭和三五）年頃から労働組合運動が激しくなってからは、そういうことも少なくなってきたけれど……。

やはり、待遇などの契約の話であれば、書面に残すということが必要だ。

録音するのもよいだろう。言った言わないというようなトラブルの種を会社側からまくべきではないな。

昇給・昇格という人事は、組織全体に関わることなので、現代でも個人の権限で行うのはほぼ不可能なのはわかります。でも、そういう話があったのであれば、書面や録音などで証拠を残すというのは必要ですよね。ただ、そういう話がないにもかかわらず「ごねる」ような人は、どれだけ優秀でもその時点でキャリアアップはなさそうですが……。

◆仕事以外の評価項目が重要だった

あの頃も、きちんとした会社、経営者はちゃんといたけれど、いわゆるパワハラは、小さな会社では珍しくはなかった。恥ずかしながら、私もその一人だったかもしれない。それが「普通」の行いだったからだ。

会社が査定する評価項目というのも非常に曖昧なものが多かった。成績だけで

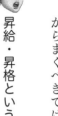

なく、協調性や勤勉度、努力をしているか、就業規則を守っているかといった数値ではかりにくいことも重視された。
その基準がよろしくなかった。例えば、飲み会に参加しているかとか、芸を披露してその場を盛り上げているか、先輩より早く帰っていて残業をしていないとか、仕事の本筋と関係ないところも査定に関わった。

現代でもなにを基準に評価するのか曖昧な評価項目というのはありますよね。それなら、「芸を披露して盛り上げ役で評価されるなら、そのほうがありがたい」という方もいるかもしれません。

先程も言ったとおり、当時は終身雇用制度もあって、会社側も一度入ってくれた社員は最後まで面倒を見るつもりだった。だからこそ家族的な意識が強く、飲み会などもその家族のだんらんのような認識だった。

私は古い人間なので全く飲み会がないのも寂しい気はするが、そのぶん家族や自分に充てられる時間が増えるなら、それに越したことはないな。**気が合って、一緒に過ごして楽しいと、お互い思える人間と飲みに行けばいいのだ。必ずしも酒が必要でもない。**

今は、仕事とプライベートをきっちり分けて考える風潮ですし、飲み会は仕事の一環と捉える人が多い気がします。

有給休暇を取る、休日出勤しない、組合運動をしているといったこともマイナスだったな。あと、仕事の習熟度もスキルで判断するのではなく、「なんでも一人前になろうと思ったら一〇年かかる」などという精神論で判断していた。

一九六〇年代の中小企業では頻繁に見られたかたちだ。

今思えば、従業員にとっては納得できないことばかりだったと思う。協調性や勤勉さというのを見る場合は、上司の独断と主観が大きく働くわけだが、そんなもので評価されたんじゃたまったもんじゃない。

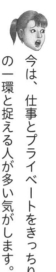

合理性も生産性もない基準だと、モチベーションが下がりますし、そんな会社いるだけでも、息が詰まりそうです……。

会社にとって「いてほしくないな」という人に、悪い評価をして嫌気を起こさせて会社を辞めてもらおうという、みっともない考え方をしてたことも、現実にはあったと認めざるをえない。

協調性や勤勉さなどは、どういうふうにしたら公平な評価ができるかというのはわからないけれども、昔はそういう偏った評価が頻繁に行われていたから、いつまでたっても会社と労働組合との対立というのがあり、会社の悩みの種だった。

上司に気に入られてないと、非常に不利じゃないですか？

これも上司の性格によると思うが、昔も基本的には特別ひいきをしている意識は、私のまわりではなかった。むしろ政治的な観点から社員の反乱を恐れていた。表面上は本人と会社のためという建前だが、会社の立場でいうと、当時は※安保闘争の後で、組合運動が激しく大変なときだったから、会社は会社を守ることを意識していて、従業員というよりも労働組合に対抗するような意識があったと思う。

当時から日本は労働者の力が強いので、ほとんど不当解雇で結論付けられる。裁判にもなった。私も労務対策にかなり時間を割いた。

※安保闘争……一九五七年に成立した岸信介内閣は「日米安全保障条約」の改定を目指した。急速に回復した日本の経済力を背景に、アメリカと対等な内容の条約にしようと考えたためだ。条約締結を認めるかどうかで国会は荒れ、各地では反対のデモが行われた。しかし、与党であった自民党は強行採決に踏み切り、国論を分ける争いへと発展した。

◆パワハラには知識をつけて対策を

なかなか評価というのは難しい。しかし時代が三〇年、四〇年とたっているので、以前よりは合理的な、みんなが納得するようなかたちになっていると思うし、なにかよりよい方法がこれからも見つかっていくことを願っている。なればこそ、過去の反省を生かさずパワハラを継続しているのはよくない。

パワハラの定義もいろいろありますが、典型的な怒鳴って殴って従わせるようなパワハラ行為は、その場では服従させられたとしても、パワハラをした本人、組織に対しての信頼はなくなります。本人と会社にとって損なはずです。

今の時代は、パワハラが疑われる行為を受けたときの対処法も、ネットなどでたくさん紹介されています。専門家や弁護士がアドバイスをしているサイトもあります。スマホ一つで録音は可能で、言い逃れはなかなかできませんし、それがＳＮＳで拡散されれば評判はガタ落ちです。コスパの悪い接し方だと思います。

パワハラのようなものに対して泣き寝入りするというのは、本当はあってはならない。不当な扱いを受けて悩んでいる社員もいると思う。
労働組合とは、不当なかたちで辞めることになった会社に対して、協力して従業員の立場を守ろうという動きをするもので、当時は活動が盛んだった。今は組合運動というのは低調となっているけど、本当は頑張っても認めてもらえないというようなときのために組合がある。

専門の相談機関もあります。働く人たちを支援してくれるものがあることなど正しく情報を集め、知識を味方につけていきたいです。

Q

就活で選考に落ち続けています。
面接のコツを教えてください。
面接官はどんなところを
見ているものなのか、
経営者の目線が知りたいです。

――20代・女性――

就活はしないが終活が始まりそうな男……デン爺です。
私が最初に就職をしたのは、一九五九（昭和三四）年。一九八六（昭和六一）年までの二七年間在籍した。
昔は「就職口はないでしょうか」と紹介してもらうことが多く行われていて、私もその一人だった。妻の兄であった親友のお父さんの経営する会社に入れていただいた。妻と親友の家族とは、中学生くらいから親密にしてもらっていたのだ。入社早々社長直結の管理職であった。

ご縁とはいえ厚遇ですね！　どんな仕事だったんでしょうか？

建設機械、船舶、自動車、自動車エンジン、工作機械の修理と部品の製作を行う会社だった。
今でもそうだが、機械類は日本の基幹産業。特に当時はモータリゼーションということで、追い風が強く吹いていた時代だった。

一年目の新入社員はとりあえず現場に行かないといかん、ということで現場に行った。現場の工作機械の扱い方を学んだり、計器を使いながら、自分で機械を動かして部品を作ったりした。

入社する際は、通常なら面接がありますよね。当時の面接はどんな感じだったのでしょうか?

私自身、自分の転職で面接に行ったこともあれば、人事として面接もしてきたが、当時の面接というのは、今と比べると本当にひどい状況だったと思う。

当時も定期採用と臨時採用があったが、募集方法としては、公共職業安定所に申し込んだり、新聞広告を出したりした。だいたいその二つが多かった。

いろんな人がくるわけだから、採用する側としては、変な人が入ってこないようにしようということだったが、ちょっとでも一般的でなければすぐ「変な人」としていたと思う。

その人が本当に自分の会社にとって役に立つか、会社として補充する場所に適しているかどうか、それを目的に、必要なことだけを採用の判断基準にするべきだが、当時は今では考えられないようなことを判断基準にしていた。

今聞かれるのは、新卒なら自己ＰＲや、いわゆる「学チカ（学生時代に力を入れて取り組んだこと）」、特技、志望理由、強み弱みとかですよね！　中途採用なら、加えて前職での実績も聞かれるでしょう。本人の能力に関係ないことはあんまり聞かれないですよね。雑談程度ならあるかもしれませんが。

昔の面接を振り返ると、基本的に面接官がとても上から目線で、好き勝手に判断していた。例えば、履歴書は万年筆で書くのが当たり前。その字のきれいさで人格を判断していた。

また、家庭環境だったりというようなものは、よく聞かれていた。

親、きょうだいの学歴はもちろん、自分以外の家族の趣味や部活なんかも聞かれた。それがよいか悪いかは、その面接官の主観で決まる。

あと、母子家庭であったりするとよく落とされた。当時は一般的な考え方として、父親がちゃんと仕事をして、母親は専業主婦で家庭を守るというのが理想のかたちとして認識されていたので、父親がいない、母親が働いているというのは採用に引っかかってくるものだった。母親が働いているというのは、すなわち父親の稼ぎが少ない貧困家庭とみなされがちだった。

本人より、その人のまわりの環境や境遇という仕事とは関係のないことで判断していたんですね……。

どこに住んでいるかなどの先祖伝来のものが本人の採用に影響することもあった。本当はそうであってはいけないんだけれども、仕事とは関係のないことをどんどん聞いていったものだ。
なにより重視されるのが愛社精神だった。どういったスキルを持っていて、

どんなことができるのかが本来重視されるべきだが、それは二の次だった。

◆面接は「家族の一員」として迎え入れるかを決めるものだった

採用か決めるまでには、自宅近所の人への身辺調査が行われることも珍しくなかった。わざわざ採用担当がその人の家の近くまで行き、近所の人に聞き込み調査をするのも一般的だった。

外資系なら中途採用時には「リファレンスチェック」といって、メールや電話で応募者の前職の上司にどんな人物か聞くことがあります。最近ではＳＮＳ調査が話題になりました。どんな人物なのか知りたくなるのはわかりますが、自宅近所までこっそり来られたら、ちょっとストーカーっぽく感じてしまいます。

ただ、そうする背景も時代としてあったと思う。

私が人事を担当していたような頃は、中学を卒業したての地方の学生たちを集団で採用し、会社に寮を用意し、寮母さんを入れてまかないを出すなど、生活を全部見ていた。寮母さんも人事の一員として、そういった若い社員たちの私生活に目を配り、悪いことがないように指導していくことが求められた。

若い社員たちにとって、そこまで縛らなくていいんじゃないかというような厳しいこともあったと思うが、多くの子は故郷《くに》を出るときに、お父さんお母さんからいろいろ言われて、覚悟してやってきてるわけだから、あまり困らせるようなことはなかった。

しかし中には、都会の誘惑についつい、いつの間にか悪い影響を受けていたという子も出てくる。そういった子の行動は会社にとってもマイナスだ。実家にとっても、そんなつもりじゃなかったという結果になってしまう。場合によっては会社を辞めざるをえないということに発展したものだ。

◆今も昔も変わらない、面接で見られるポイント

入社後、細かく管理されるのは一人の生涯を面倒見るぐらいの思いだったからなんですね。でも、家族と会社が情報を共有しながら生活を見守っていると思うと、ちょっと息苦しすぎる気がします。今の人は、会社はあくまで金を稼ぐための場所としてしか考えていない人が多いと思います。

当時は終身雇用制度もあり、受け入れる会社としては、ずっと面倒を見るつもりで採用をしていた。だから就職活動の面接というのは、会社にとって非常に大事なことだった。

今も昔も、面接先の会社についてどれくらい事前に調べてきているかは共通して重要であると思う。それが熱意にも繋がっていくと思うからね。どれだけ意気込んでハキハキ喋っていても、応募先企業の製品、文化、理念とかけ離れていれば意味がない。

当たり前のようなことかもしれないが、応募企業が多ければそれも時間がたつにつれ、おざなりになっていってる人は多いのではないだろうか。**真っ赤なウソをつく必要性はないが、常に自分の回答が相手企業にとってマッチしているものか意識しておくのは必須である。**

まず受からないことには、検討の余地もないですよね……。自分軸で回答するのは避けたほうがいいんでしょうか？

自分の成し遂げたいこと、給与、信念全てにマッチした企業なんて存在しないと考えたほうがいい。まずは、内定を出すのは企業であるから、相手が欲しいと思うような人材として受け答えするのは大切である。

今は少子化も進み、売り手市場と言われているが、自らの志望度の高い会社に行きたい就職活動生の方がほとんどだろう。やはり、そのためには日々勉強にしろバイトにしろ学生生活にしろ、全力で打ち込むしかない。

社長や役員面接では、本人が過去において圧倒的になにかに打ち込んできた自信を持っており、入社後もその熱意を見せてくれそうかは見ているはずだ。打ち込んだと言えるものがなく面接で困ってる人は、これから何を頑張るのか、そして先程言ったように、それが応募先の会社にどう関係するのか考えたほうがいいかな。全員が全員、学生時代になにかに打ち込んだわけでもないのはわかってるから、私ならそういう点も見るかな。ぜひ頑張ってもらいたい。

Q

給料がなかなか上がらなくて、生活がたいへんです。どうして会社はなかなか給料を上げられないのですか？

—30代・男性—

賃金は上がらなかったが血圧は急上昇した男……デン爺です。

初任給は、当時の円でどれくらいだったんですか？

初任給は当時の円で八三〇〇円から八五〇〇円くらいだった。そのほかに、夏と冬の年二回、ボーナスがあった。ボーナスは利益配分ということで会社に利益がなければ出ないんだけど、一応出してくれた。

当時、給料は銀行振込ではなく、手渡しだったんですよね。給料をもらうときは、やっぱりワクワクしましたか？

二五日の給料日には、昼の時間にわざわざ社長のところまで行って、社員全員が順番に並んで、社長から給料を直接受け取る。その日、社長がおろしてきたお金を経理方と全部勘定して封筒に入れて置いておく。それを、社長が一人ず

つ手渡しする。こちらも、「ありがとうございます」と頭を下げて受け取る。ボーナスのときは余計に感謝の気持ちが湧いたものだ。本来もらえないものをいただくということなので、ありがたくいただいた。

今なら、給料明細もメールで送られてくるところも多いからなぁ。はじめは社長から手渡しでもらってテンションが上がるかもしれないけど、ずっとは疲れてしまうかもしれません……。

現金でもらったら、それを持ったまま満員電車に乗って帰るんだけど、考えてみたら危ない話だ。途中で落としたとか、飲んでいて盗られたとかいう話は一度も聞いたことがなかった。しかし、中にはそういった人もいただろう。家に帰ったら貯金できる人は貯金をする。私の場合は、月末になるとお金が足りなくなって五百円くらい先輩に借りていたこともある。次の給料をもらったら、袋からすぐに出して返していた。給料が追いつくまでは、そんなつまらな

いことをやったもんだ。

◆会社目線での賃上げ

例えば、営業職の場合、契約数などの成績で評価されるのはいいんだけど、同じ商品を売っていても、環境で結果が左右されてしまうことが少なくない。同じ商品でも需要がある市場もあれば、ない市場もあるからだ。

見込みの薄い地域の担当に最初に当たってしまい、思うように成績を上げられず、さらに見込みの薄い地域の担当にさせられて負のスパイラルに落ちる……なんてことになったら怖いです……。

例えば不動産の場合、住居専用地域と工業用地域とでは住んでいる人も、必要な施設や建物も全部違う。すると、片一方は売上が上がるし、片一方は上がら

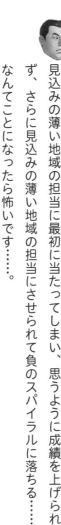

ないということが起きる。それなのに、結果の数字だけで評価されるんじゃ納得できないというものだろう。そういったことも考慮して、なるべく全部公平な条件でもって評価するべきだ。

工場の現場で働くような人は、多少の能力差というのはあるかもしれないけど、やっていることが同じであれば、同一労働同一賃金は原則だろう。そういったものが守られないことには、納得いかないということにはなるね。

よく、「営業職は結果が数字で出るから評価しやすい」と言われるけど、実際は担当地域、時期、景気、トレンド、顧客の要望によって事情はかなり違います。そうした複雑な要素を全て加味して評価するようなよいしくみは、現代でもなかなか構築が難しいと思います。それでも、個々の性格や「人間力」みたいなもので主観で判断されるよりは明確になったのだと思いますが……。

会社としては、賃上げにしてもボーナスにしても、財源がなければでき

ない。ボーナスは利益配分であるから、利益が出ていなかったらボーナスも出せない。しかし、利益が出ていなくても、ボーナスを出さないわけにいかないと、なんとかひねりだしているような会社は本当に苦しかったと思う。**賃上げにしても、過去の実績を見て、これから先何年かは、このくらいの事業計画を立ててやっていくから、このくらいの賃上げをしてもいいんじゃないかと、そういった枠組みがあって初めて賃上げができる。**

「ない袖は振れぬ」とは、まさにこのことですね。月給の賃上げはボーナスよりリスクが高そうですし、その先何十年その社員が勤めるならなおさらです。逆に、賃下げはなかなかできないものなんですね。

Q

いつか起業したいと思っています。
デン爺は脱サラして起業していますが、
起業についてのアドバイスをください。

—— 20代・男性 ——

白米一口でたくあんを四枚食べる男……デン爺です。

私は最初の会社を辞めた後、自分の会社を始めたが、結論から言うと、これは失敗した。

あれは四九歳の頃だったが、私の人生でも一つの大きな転機だ。私自身が起業をしているので、起業したいという若者を止めることはできないが、アドバイスはできると思う。

成功談は、本などでもたくさん紹介されていますが、失敗談を発信している人は少ない印象です。デン爺はどういった経緯で起業しようと思ったんですか？

起業するうえで、一体自分になにができるかと考えると思うが、普通は、今まで自分がやってきたことをやろうと考えるものだ。ご多分に漏れず、私も今までのノウハウや人間関係を生かしたことならできると考えた。

どうせやるなら格好をつけたいと、資本金一〇〇〇万円をかき集めて株式会社を立ち上げた。

◆わからない分野には、うまい話でも手を出さない

当時は資本金が一〇〇〇万必要だったんですね。今は、一円でも起業できます。事業は、今まで従事してきたお仕事に関することを始めたんですか？

いろんなことができるようにしたいという欲が出てきて、会社の定款の「事業目的」をてんこ盛りに書いて提出した。

私は、第一に不動産業ををやろうと思ったから、それを一番に書いていた。宅建免許や宅地建物取引士も取った。ほかには、宅地造成業、もともと本業だった工作機械の整備、修理、加工。さらにまったく未経験の食堂レストランの経営、ポスターやカタログの印刷業、損害保険代理業、商業デザイン業などを書いておいた。そうして小さな事務所を構えてスタートした。しかし……。

……なにか事件でも？

当時、私が独立したという情報が関係者の間で流れたが、それを聞きつけて、ある若者のグループが私のところに来た。どうやら、私の会社の中で自分たちの仕事をやらせてほしいという相談だった。

彼らは五、六人のグループで、印刷関係に精通していて、すでにいろんな仕事をしていた。彼らは、営業から企画から集金まで責任を持って自分たちでやる、だから私の会社で彼らのサービスを扱ったらどうかと言ってきた。彼らはすでにやっていることから見立てて事業計画にもしてくれた。それですっかり私も信用してしまい、一部門としてやったらいいと思ってそれを了承し、社員にしてしまった。

印刷関係ですか？　今まで印刷分野の経験はお持ちじゃないですよね？　それ

なのに、わからないまま了承したなんて不安です……。

印刷関係は私の経験のない分野だったが、彼らが今までのつながりの仕事をこちらに持ち込んだようなかたちでやってみると、そこそこ利益も出た。そのまま信用して一部門として任せていたんだけど、それからしばらくして、なかなか計画どおりにものごとが進まない、収益が上がらないということが起きてくるようになった。

そこで私がいろいろ調べてみると、実は私のわからないところで取引の操作をしていた。当時は、支払いに※約束手形を渡していたりしたので、入るべきものが入ってこない。払うべきものが払えていないという状況だった。

問題がわかった時点で、すぐに彼らとの関係性は断ち切ったが、私は会社の長だから、責任は私にかかってくる。支払いはちゃんとしないといけないので、なんとか工面していたが、なかなかそれも難しかった。

◆お金の支払いにはとことんシビアに

はじめはそれでも利益が出ていたなんて……。しかし、社長に黙って勝手に取引するとは……。ほかにも被害はなかったんですか？

実は、問題が発覚する少し前に、グループの一人が土下座して「金を貸してほしい」と言ってきた。聞いてみれば、彼にもそれなりの事情があった。本来ならば、そういう金は公私混同してはいけないので、貸すなら自分のポケットマネーから貸せばいいのだが、まあ小さな規模で事業をやっているからと、会社の金を彼に回してしまった。そのうちその社員も来なくなって、貸した金は諦

※約束手形……手形に記載された金額を、期日に支払うことを約束する紙面のこと。現金決済よりもさらに遅い期日を指定でき、支払いまでの期間を延ばすことで発注側の資金繰りが楽になるなどの利点があり、高額となる企業間取引でよく使われた。

めざるをえなくなった。

資金繰りに困っている最中は、本当に大きな金額だった。経営者として致命的に甘かったと反省しかない。

会社のお金ならなおのことタチの悪い話です。ほかにも金銭関係でトラブルはあったんでしょうか？

ほかにも、不動産の仕事でもらうはずの手数料を、後で渡すと言うので待っていたら、結局払ってもらえなかったこともある。
こっちが悪いのはわかっているんだけど、相手は知った仲の人で、向こうの都合もあるからと考えたのだ。
やはり、仕事でやっているのにちゃんとしてくれないのは問題になる。ほかにも、ちょっとお金を融通してくれと言われてお金を貸したことが、二、三回あるが、すべて返ってきていないな。**「金の切れ目が縁の切れ目」とはそのと**

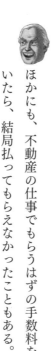

おりだ。大事な関係性の人ほど貸し借りは厳禁だな。

特に貸した側は知り合いも金も失います。いいことありません。

後始末も大変だった。こちらが支払わなければならない会社の中に、印刷関係ではそこそこ大きな会社があったが、もういよいよ支払えなくなったときがあった。そこで、本来なら不渡りになるところだったので、私も覚悟を決めてお詫びにあがった。事情を説明すると、相手の会社の方が運良く理解してくださって、「支払いができるようになったら払ってください」と言ってくれ、頭を下げてきた。あのときは本当に救われた。

本業というか、肝心の不動産のほうはどうだったんでしょう？

当時、あちこちでマンションの建設ラッシュが進んでおり、マンションがどん

どん建っていった時代だった。そこで、これからは売買・賃貸よりマンション管理のほうがよいだろうということで、そちらへ舵を切った。

当時は「マンションの管理の適正化の推進に関する法律」などもなく、守られた管理組合ではなかった。それなのに、管理会社そのものに問題があって、管理組合が困ってしまうようなことも少なくなかった。

そこで私は、管理会社を監視する立場を引き受ける事業を始めた。それで、電気設備の点検、消防設備の点検、植栽の管理、共用部の修理の発注など、住居のいろんな問題を、私の会社で引き受けてやることになったわけだ。

それは、いい目の付けどころですね！　時代の流れや状況に応じて、どんな需要が生まれ出るかも当然変わってきます。やはり起業前にそういうことも織り込んでおきたいものです。

経営者としてはいい加減な発想でスタートしたので、いろんなことがあった。

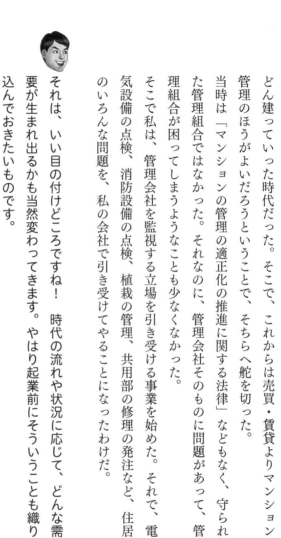

利益を追求しないといけないのに、なかなか返ってこない。ついには、バブル崩壊もあいまって会社をたたむことになった。本当に甘かった。

◆オリジナルなものをスモールスタートで

起業についてアドバイス……とはいえ経営コンサルタントではないので、大したことは言えないが、経験上言えることだけを言うと、**まず起業するなら多くの場合、今まで自分がやってきたことをやればいいと思う。知見も人間関係もない分野に新しく参入するのは難しい。**

仮にのれんわけをしてもらい、ちゃんとお客を回してもらい、あとの面倒も見てもらえるというような恵まれた条件であれば、しばらくは続けていけると思う。しかし、それもいつまでもそのままということはないだろう。

また、会社組織の中で自分が優秀だとか、傑出したノウハウがあると思っていても、会社組織を飛び出したらいわゆるただの人。なかなか周囲も会社組織にいたときのようには見てくれない。

「優秀な社員＝優秀な経営者」とはならないですもんね。経営の仕方やマネジメントなんて、属していた会社などから教えてもらえるわけでもありませんし。なにがブルーオーシャンなのかも自分で見つけるしかありませんね。

そういうふうに考えると、すでにある市場に飛び込むのではなくて、オリジナルなものを持っているかが大事だと思う。オリジナルなものであれば、市場はいろいろ考えられる。

そうしたら、一人二人の発想で小さなところでスタートするのがよい。いきなり事務所を借りる必要もない。**「ガレージからスタートしなさい」と言われるが、その通りだと思う。**起業の場は車庫でも自宅でもいい。おしゃれなオフィスは必要ない。

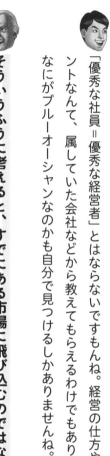

経営にはお金がかかりますもんね。

少し利益が出たとしても、サービスや商品を改良するのにどんどんお金が必要になるから安心してはいけない。会社をやると、常に資金が必要だ。仮に今やっているサービスや製品が売れたといっても、いつまでそれが続くかわからない。経営者というのは常に次のことを考えていかねばならないが、次のことをやるには資金が必要だ。大会社などは研究部門を持って、次の一手を探している。

こうした順序を間違わずに、少しずつ根気よく慎重にやるということが必要だ。

今の時代、さまざまな業態のビジネスがひしめいていて飽和状態です。オリジナルかつブルーオーシャンでやっていけそうなものはそうそうありません。とても厳しそうですが、それでも起業したい場合になにかアドバイスをいただけませんか？

既存の産業の中でも、「大手ではできない仕事」というのがある。例えば精密機械は特にそういった側面がある。小さな三〇坪くらいの町工場が、宇宙産業で使われるような、どこにも負けない素晴らしい部品を作っているというのも珍しくない。ただしそれはそれで、それだけの知識と技術、ノウハウがないとできないことだが。

起業というのは難しいと思うが、若い頃というのは、「なにか俺にできるんじゃないか」と思うものである。そして、そういう気持ちも大切なのだ。だから、やりたいことはやってみるというのもいい。**三〇歳くらいまでいろんなことに挑戦したらいいと思う。**慎重に市場を調査して、できそうならやってみる。**しかし、ダメだと思ったらきっちり引き揚げることが大事だと思う。**

第二章
昭和のスーパーブラック労働を戦ったデン爺による、働くことについての一考

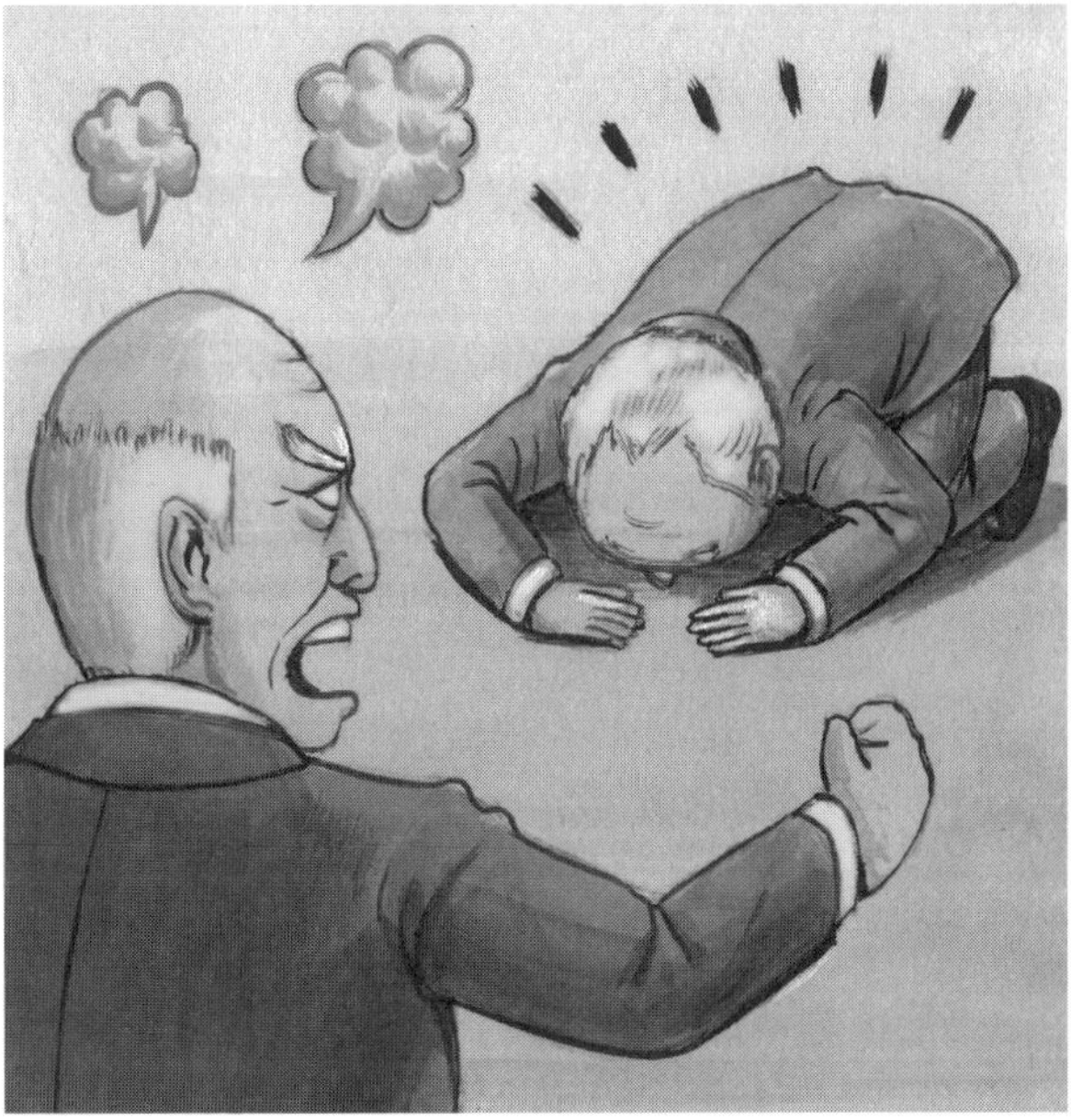

第三章

北朝鮮に八年住んだデン爺による、日常の美しさについての一考

デン爺は、実は北朝鮮からの「引揚者」。
一九四五年八月の終戦を受けて、
日本本土以外に住む日本人は、
命からがら日本へ逃れました。
帰ってからも、待っているのは厳しい日々。
あたりまえで、なんてことのない日常こそ尊い。
不安定な毎日にあると不安に呑み込まれますが、
だからこそ一日を味わいたいものですね。

Q

今の子どもは体を動かして
遊ばないのでけしからん、
と言われますが、どんな遊びがいいか、
デン爺の子どもの頃の遊びを
教えてください。

―30代・女性―

自ら歴史の教科書になる男……デン爺です。
私は、父親の仕事の都合で生後八カ月で北朝鮮に渡り、八歳までの少年期を過ごした。ここからの話は、北朝鮮の最北端、満州との国境（咸鏡北道《かんきょうほくどう》）にいた頃のことだ。
極寒の冬場は眼前の豆満江《とまんこう》が凍り、馬賊が川を渡り侵入し、日本の警察に射殺されたりしていた。射殺された馬賊の所持品が展示されたのを見たことがある。
四歳のとき、太平洋戦争が勃発して、生活の全てがいよいよ軍国主義になっていった。「欲しがりません勝つまでは！」の徹底した国民意識のもと、贅沢は表向きご法度だった。

一九四一（昭和一六）年に真珠湾攻撃があり、太平洋戦争が始まったときですね。

当時、私が入ったのは日本国民学校で、日本人だけの学校だった。一年生から

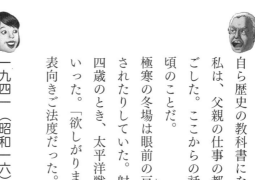

三年生、それから四年生から六年生までが、一つのクラスで学んでいた。一クラスの人数は二〇、三〇人くらいだったと思う。あまりいなかった。

授業中にトイレに行ってもいいんだけど、軍国主義の時代だから、その際には起立して、教室のところで敬礼をして「ただいま、このデン爺、便所に行って参ります」と、大きな声で宣言してからトイレに行く。そして戻ったときは、「ただいま帰って参りました」とまた大声で言うんだ。鬼ごっこを「駆逐水雷」と呼んでいたのも、軍国主義の表れだね。

子どもの頃、軍隊ごっこのような遊びをしていた男子もいましたが、学校全体がそういう雰囲気だったんですね。親同士、大人たちはどんな感じで過ごしていたんですか？

当時、朝鮮は日本の統治下であったとはいえ、満州との国境の僻地では、少数の日本人同士のお付き合いは頻繁に行われていたように思う。父親の仕事仲間

だったようだ。楽しみは飲み食いぐらいのものだから、大人たちが我が家で結構贅沢な食事会を催していたのを覚えている。

白頭山《はくとうさん》や西郷隆盛の歌、朝鮮の民謡であるアリランを歌っていたので、単に酒飲みが集まっていただけかもしれないが……。

時々、日本の兵隊さんが四、五人泊まりに来ていた。私は子どもだったが、軍服の日本兵の礼儀の正しさと、革の臭いが忘れられない。乾パンをもらった覚えがある。

◆親の目が届かないのが当たり前!?

日本人同士のコミュニティがあったんですね。その兵隊の人たちも無事に日本に帰れているといいのですが……。胸が苦しくなります。子どもたちはみんな、日本人同士で遊んだりしていたんですか？

その頃のことだから子どもの遊びも限られていた。生徒数の少ない日本人学校なので、一年生から六年生までが一緒に遊んだな。いくつか思い出してみよう。まずは、かくれんぼ。

次に、豆満江での水泳ぎ。豆満江は、いい遊び場だった。

本流は危険なので、支流の窪みでよく泳いだ。支流とはいえ、危険がないわけではない。そこは底知れぬ気味の悪い淵で、水蛇もいた。

余談だが、その淵で友だちの一人が溺れたのを必死で助けたことがある。泳いでいると、時々足に冷たいものを感じる。なにかに足を引っ張られそうな気がして、言いしれない恐怖を感じた。そのつど、力一杯蹴り飛ばして脱出していた記憶がある。あれはどう考えても、カッパの仕業に違いないと思っていた。

事故にならなくてよかったです……。基本的には、誰かと一緒に行動していたんですか？　子どもが単独で遊ぶのには危険そうですが……。

我々はいつも二、三人で行動していた。子どもたちがどこで遊んでいるかなど、親たちはもちろん知らなかった。むしろ、知らぬが仏だったのかもしれない。今の子どもはあんな危険な場所には絶対に行かないだろうし、親が知ったら腰を抜かすに違いない。**誰かが怪我をしたというような騒ぎが起きなかったのは、幸運だったとしか言いようがない。**

私が八歳の頃、男子たちは放課後誰かの家に集まってテレビゲームをしたり、外で遊ぶなら、虫捕りをしたりエアガンで遊ぶ子もいました。生き物を捕まえたりはしましたか？　豆満江にはたくさん水生生物がいそうです。

豆満江では、手づかみで魚獲りもした。

夏は、豆満江本流の岸辺の砂を掘ると小さなウナギが獲れた。あれはきっと、ドジョウではなくウナギだった。冬は川が凍結して、所々に小さな水たまりができていた。その中にいろんな魚が集まっていて、まるで凍りついたようにじっとしているのだ。そこで水たまりの氷を次々に割って、網ですくったものだ。とても簡単に獲れるので、魚は獲り放題だった。ほかに蛇も捕まえた。アオダイショウに似た蛇だった。

アオダイショウの類縁なら無毒のようですが、私ならぜったいできません……！

自宅の前が畑だったし、周囲も草木が多かったので、蛇はよく出てきた。どういうわけか、蛇はなにも悪いことをしていないのに、蛇が出てきたら無条件に天敵のように殺していた。今考えるとなんとかわいそうなことをしたことか。少年のどこに、あの残酷な気持ちがあったのだろう。なにか先入観があったに違いない。今なら絶対に殺したりしない。確実に逃がしてやるつもりだ。

◆子どもの遊びに寛容さを

やはり、「危ない」「邪悪」のようなイメージがあるのでしょうか。蛇に限らず、生き物には優しくしたいものです。今の子どもでもしているような遊びはなにかありますか？

そうだな、缶蹴りがあった。かくれんぼに似た遊びだが、これはおもしろかった。

細かいことは忘れてしまったし、人によって遊び方の異なる部分もあるかもしれないが、私が遊んでいた缶蹴りはこんな感じだ。

まずは地面に円を描き、その中に空き缶を一つ置く。みんなでジャンケンをして負けた人が鬼になる。鬼は、地面の定位置に置かれた空き缶を守る。十数秒の間に鬼以外の者はどこかに隠れる。鬼に見つかったら、この空き缶のところへ走っていき、思いっきり蹴っ飛ばすのだ。もし鬼のほうが早かったら、発見された者が鬼になる、というものだ。

缶蹴りはみんなでやったことがあります！　缶の代わりにポールや電信柱を触るという「別バージョン」もありましたよね。

この遊びの醍醐味は、空き缶を思いっきり蹴っ飛ばすことにある。蹴っ飛ばされた空き缶は、どこへ飛ぶかわからない。それに角張っているものだったので、ラグビーボールよろしく素直にバウンドしない。だから結構危ない。子どもといえども思いっきり蹴るのだから、初速は侮れない。また、カンカラカンという音がやかましい。今だったら近所の大人たちに叱責されてもおかしくないのではと心配になるほどうるさいのに、叱られた覚えはないから不思議なものだ。

今だったら騒音トラブルにつながりかねません。公園の近隣にお住まいの方から苦情が来たり、ひいては公園が閉鎖になることもあります。昔の子どもが現代に来たら、きっと「悪ガキ認定」されてしまいそうですね。

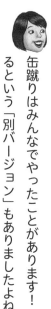

あとやっていたのは、陣取り合戦だ。
地面に大きな円を描いて、ジャンケンで勝った者が手の親指を支点にして輪を描き、蝋石《ろうせき》で印を入れ面積を増やしていくのだ。どんどん拡大していって最終的に陣取った広さを競ったものだ。
当時の私は本当に、悪ガキだったと思う。近所で北朝鮮の人たちが畑をやっていて、いろんな野菜が育てられていた。夏には、その畑で育てていたトマトを勝手に食べていたこともあった。あれは本当においしくて、太陽の味というのはまさにこの味だと思った。この場を借りて謝りたいが、あの味は今でも思い出すほどおいしかった。

勝手に作物を食べるのは窃盗にあたってしまいますが……！　ただ、当時の大人たちも気付いていてもなにも言わなかったのかもしれませんね。
騒音のお話でも思いましたが、子どもの外遊びに対して寛容というか、ごく自然に受け入れられていたんだろうなと感じました。今の時代は、ともすれば公

園の地面になにか描いたりしても「消せ」と怒られるのではないかと警戒してしまうくらいですから……。

私は、子どもや孫に対してこれで遊びなさい、これはダメだと指図したことはない。自分の子どもたちにゲームも買い与えていたが、**やはり外で運動を兼ねて遊ぶのは重要であると思っている。自然に対しての免疫力というか、外で遊ぶことによって得られる知識は大きいと思う。外での遊びを応援したいものだ。**

第三章
北朝鮮に八年住んだデン爺による、日常の美しさについての一考

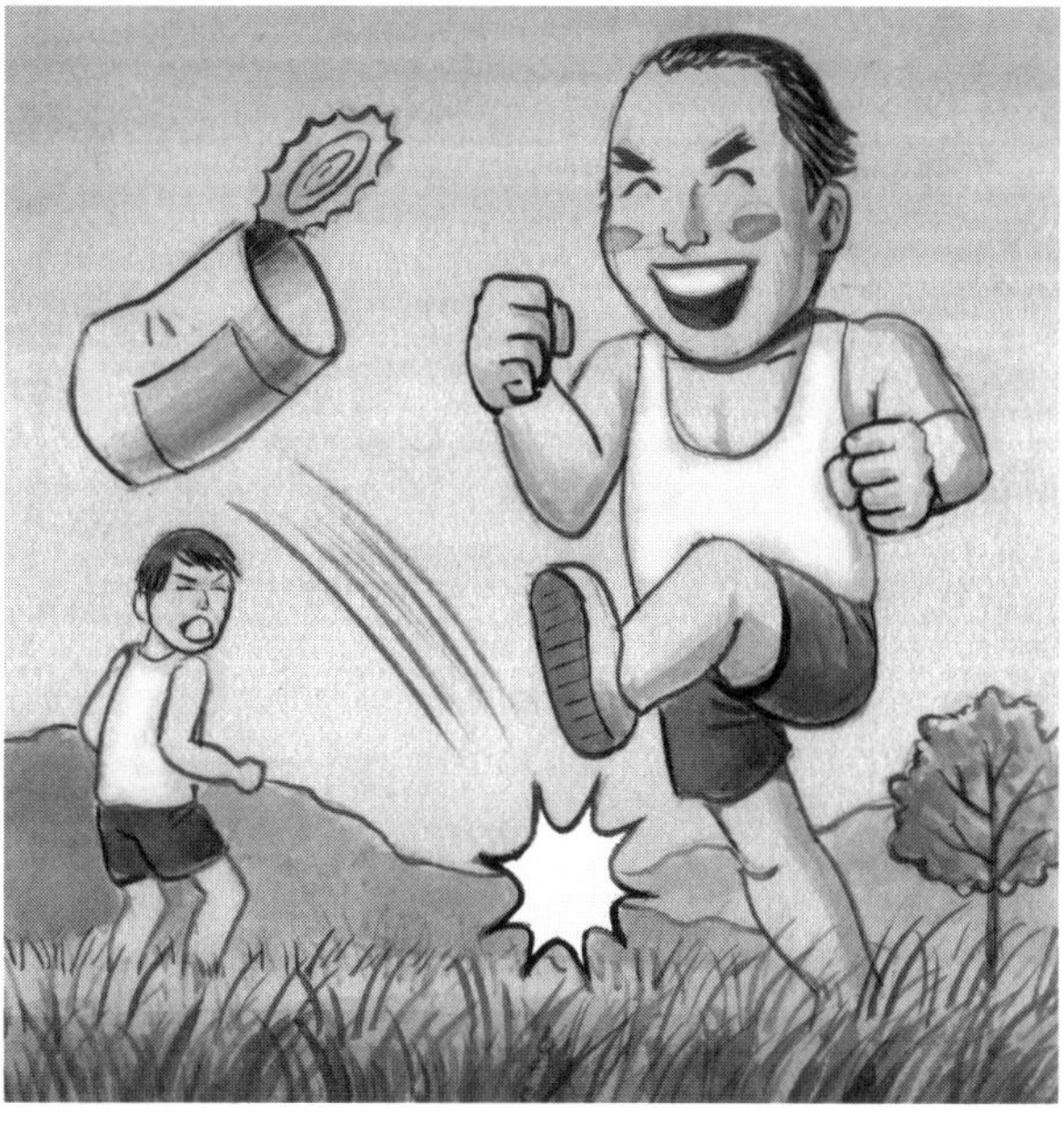

Q

最近、世の中が物騒で、
不安になるニュースが
日々絶えません。
どうやって希望を持てば
いいですか？

40代・男性

己の口臭で目覚める男……デン爺です。

北朝鮮での私の家は、豆満江沿いにあった。私が住んでいた家も広かった覚えがある。畑があって、その奥に家があった。そのあたりは寒くて全部凍ってしまうので、冷凍庫のいらない生活だった。

空襲があれば防空壕に避難するというのが日常だったが、その日もいつものように、着の身着のまま、必要なものだけを持って、私、母、兄の三人で近所の防空壕に行った。それから二度とうちに帰れなくなるとは思わなかった。

人は一カ所に入り切ったんですか？　防空壕には狭い、暗いというイメージがありますが……。

近所の防空壕に行ったところ、なかなか空襲がおさまらないのでだんだん避難してくる人が増えてきた。もうこの防空壕じゃダメだ、もう少し南のほうに移ろうとして、だんだんうちから遠く離れていってしまい、帰れなくなった。そ

のまま、家のものは一切置いたまま、着の身着のままの脱出行が始まった。もちろん、歩きで行くしかない。

◆ひたすら夜道を歩き続ける

大所帯だと目立ちそうですが、全員で一斉に移動したんですか？

脱出行は、その防空壕に避難していた一五人から二〇人くらいの団体で出発した。細かいことは思い出せないが、移動を始めて何日か目に、汽車に乗っていた。単線で、高原列車のような広いところを通っていた。そこで空襲にあって、汽車が止まってしまったのだが、平原の中だから、飛行機からしたら丸見え。右往左往するうちに、地上掃射も始まってしまい、汽車の中でじっとしているしかなくなってしまった。

昔の三等列車、木の長椅子に向かい合って座っていたが、兄と私と母と三人でその椅子の下にうつ伏せになった。母親は私たちの上からかぶさって、空襲がおさまるまでじっとしていた。

そのうちに飛行機が来なくなった。そこで団体のリーダーが汽車も動かないしこのままじゃダメだから一〇〇から一五〇メートル向こうの森に逃げようというので、とりあえず汽車から降りて、全員そこに逃げ込んだ。

危機一髪だったんですね。逃げる姿は敵には見つからなかったのでしょうか？

とにかく昼間は見つかってしまうと危ないから歩けない。そこで昼は森の中で隠れて休んで、夜に歩くことになった。

リーダーが近くの朝鮮の人と交渉して牛車を一台借りてきてくれた。大きな車輪とその上に木製の荷台があり、そこに荷物を乗せて夜の進行が始まる。私自身は三年生で、ある程度歩ける。しかし、小さな子どもは乗せないと大変なので、赤ん坊は乗せてもらっていた。

今考えれば、誰も道を知らなかったと思う。今まで限られた道しか歩いてなかったからだ。誰がどのように案内したのか、線路に沿って道なりに行ったと思うが、はっきりした記憶がないので不思議に思う。しかし誰もはぐれなかったから、それはなによりだった。

夜中に荷物を引きながらだと、体力の消耗が激しそうです。二〇人前後の集団で動いていたということですが、寝る場所はどうしていたんですか?

寝泊まりしないといけないときは、大きな建物の床下に潜り込むことが多かった。土台が結構高いので、空気孔を外せば人間が十分に入れるものだった。民家は一階建ての小さな家ばかりだから、あれは公共の建物だったんだと思う。同じように建物の床下に寝泊まりした引揚者はほかにもいたようで、我々が入ったら、前に人がいた痕跡が残されていることもあった。「持っていけないけど捨てるわけにいかない」というので持ち出された骨壺や位牌が、床下の梁の

上にずらりと並べられているのを何度も見た。当時の骨壷は今より大きかった。

身内の骨壷を置いていかざるをえないのは悲しいですね。建物の床下に入って寝泊りすることが多かったんでしょうか？　過酷には変わりありませんが、雨風がしのげるのは助かるのでは……。

たまに河原で野宿することもあった。畳一畳分のむしろを担いで、次の寝る場所に持って行って地ならしをし、大人一人と子ども二人だから、まさに三本川になって寝たものだった。そうとう暑い日だったからできたと思う。

冬の北朝鮮なら凍死してしまいそうです。そこからどこへ向かったんですか？

汽車の線路づたいに進んでいった。そうしたら、途中で鉄橋に出くわしたことがある。鉄橋の線路には、人間が歩

くための三〇センチほどの幅の板が置いてあった。これが結構分厚い板なんだけれども、長い年月経っているから、ところどころ枕木の一つ二つが外れてなくなっているわけだ。べらぼうに高い鉄橋ではなかったが、私は怖くて渡れなくなってしまって、鉄橋の途中でしゃがみこんでしまったことがある。そしたら大人衆が戻ってきてくれて、手をつないで引っ張ってもらった。

足を踏み外したら一巻の終わりですね。戦況などの情報を集めないといけないと思いますが、それはどうされていたんですか？　新聞などを拾ったとしてもハングルですよね。

それが、歩きながら生活していると、いつ終戦になったともわからなかった。ある日の昼間、畑の小屋に一五人くらいで隠れていると、いきなりロシア兵が二人、ドアを破って入ってきた。弾倉のついた自動小銃を持っていて、「ホールドアップ」と言うものだから、大人たちはびっくりして手を上げていた。

途中で合流した人たちの中には、着の身着のまま出てきた我々と違って、準備して出てきた人たちもいて、そういった人たちは財産として貴金属なんかを身に着けていた。そのときのロシア兵たちは、そうした貴金属を全部とりあげてしまった。その日はそれだけで終わったんだけど、そのときに初めて日本が敗戦したと教えられた。

◆飢えとの戦い

軍人でもない民間人からも物を奪っていくのですね……。終戦を迎えたなら、もう道中襲われる心配は減ったのではないでしょうか?

終戦なら、もう隠れて行く必要はなくなったというので、昼間も逃げることになったんだけど、終戦を境に朝鮮の人たちの態度ががらっと変わったのが印象的だった。

そんなこんなで三八度線の手前まで来たんだが、三八度線以南はアメリカの管理下になるというので、自由に行けなくなってしまった。我々のほかに合流してきた人も合わせて全部で一〇〇人くらいが、ロシア兵によってマンションのようなビルに収容され、そこで冬を越すことになった。やっとの思いで三八度線まで来たが、まだまだ日本は遠かった。確か一九四五（昭和二〇）年の一一月か一二月から、翌年の三月か四月頃までの間だったと思う。

ロシア兵は民間人については正当に扱ってくれたのでしょうか？

ロシア兵は日本の子どもをかわいがってくれた。朝鮮のお母さんたちが売っているひまわりの種を煎ったものを買ってくれて一緒に食べたり、一緒に写真を撮ろうということで、連れ立って現地の写真館に行ったことがある。

ロシア兵がなぜそんなことをしたのか、「そのロシア兵は自分の子どもが同じくらいの年で、それを思い出してやってくれた」「将来日本の子どもがロシア兵に対して悪い印象を持たないように」など、いろんな憶測が飛んでいた。真相はわからない。

子どもに対しては優しかったんですね。不幸中の幸い……というべきでしょうか。食料はどうしていたんでしょうか？　分けてもらえたのか、自分たちで調達していたのか……。

そのときは食べ物がそもそもなくて、詳しくどんなものを食べたのか覚えていない。唯一覚えているのは、高粱《こうりゃん》だ。赤い小さな大豆のようなもので、それを炊いておかゆみたいにして食べたのを覚えている。

大人も子どももそんな食事なので、栄養なんてとれるはずがない。そうした状態が続くと、体がどんどん太ってくるというか腫れてくるんだね。栄養失調で亡くなるというのはしょっちゅうだった。

冬の寒い夜は、みんな固まっていろんな話して寒さを耐え抜くんだが、そこで話した人が、明くる日には亡くなっている、というようなこともあった。

◆日本に帰れた人、帰れなかった人

あまり思い出したくない話なんだけれども、亡くなった遺体をどうするかというと、遺体を処理する当番が決まっていて、我々がそれまで使っていたむしろに遺体を置き、ぐるぐると巻いて、縄で縛る。そうして太い丸太にくくりつけて運んで、埋めに行く。

そう遠くないところに死体を埋める墓場みたいなところがあったそうなんだが、行った人の話を聞くと、土が固いのでスコップでなかなか掘れない。だから前の人の足が見えたとかの話も耳にした。自分が行っていないので話を聞いただけだが、さもあらんという気がする。

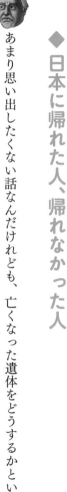

それは心が痛みます。現代に生きていてそんな経験をすることはまずありません。トラウマになってしまった人もいるのではないでしょうか。
そのようなことを経て、デン爺たちの団体はどうやって日本に帰ることができたのでしょうか？

そんな日々が続いていたが、我々の団体の人が朝鮮の人に交渉してくれて、三八度線以南まで、漁船に乗せてもらえることになった。その日は夜明け前の三時、四時くらいのまだ薄暗いときに出発した。
船に乗るなりうつ伏せになり、シートをかけられていたので、その後の様子はわからない。しかし、乗り込んでおそらく二、三〇分くらいしたときに、ロシア兵の検閲につかまってしまった。ロシア兵はあっという間に近づいて船を横付けして乗り込んできた。しかし、そこでも貴金属を我々から取ったら放免してくれた。

日本を目の前にして、まだ物品を取られるのですね。当時、米軍はどこにいたんですか？

南側の港に着くと、入場門みたいなものが作ってあった。「Welcome」と書いてあったと思う。上陸すると、アメリカ兵がいて、一人ずつ検査があった。着いてからは、ＤＤＴという白い粉をぶわっとかけられた。今は使われていないが、シラミやノミなどの衛生害虫の駆除剤だ。それで頭が真っ白になってしまった。その次は、結核予防のＢＣＧの注射を打つんだが、それが五、六回ほど何度も刺すので、痛くてしょうがなかった。
それから大して日を置かず、早い時期についにアメリカの輸送船に乗って、日本海を渡って博多に着いた。
その輸送船で、明日はいよいよ日本に着くというときに、小さな宴会みたいなのをやった。宴会といってもお酒もなにもない。なにをやったかというと、大きな釜にご飯を炊いていわゆる銀飯を作った。焦げたものをしょうゆで味付けして握って食べたが、あれはおいしかった。それから日本の生活が始まった。

人生で食べた白米で一番おいしいと思うかもしれませんね。しかし壮絶な話です。米軍にも見放されていたら、日本まで帰ってこれなかったかもしれませんね。デン爺もまわりの大人たちも最後まで生きる希望を持ち、帰って来れたから、いまがあるんですね。

あのとき生き延びることができたから、日本に帰国後も人生において大事な人たちとも出会い、助けてもらえたことも多い。**当時は絶望的だと思っていても、それが過ぎれば素晴らしいことがあるかもしれない。とりあえず生きてみるもんだな！**

第四章

デン爺による、家庭と恋愛についての一考

「ばっかもーん！」とちゃぶ台をひっくり返し、
圧倒的な権力を誇っていた昭和の父親たち。
父親はもちろん、母親のありかた、
家族のかたちがどんどん変わっていく中で、
過去から学んで変えるべきもの、
逆に受け継ぎたいものを考えます。

Q

共働きの夫婦です。
私のほうが収入は少なくとも、
フルタイムで働いていますが、
家事もすべて私がしています。
夫に家事を手伝ってもらいたいのですが、
夫はまったく協力しません。
夫はこのまま、変わらないでしょうか？

―30代・女性―

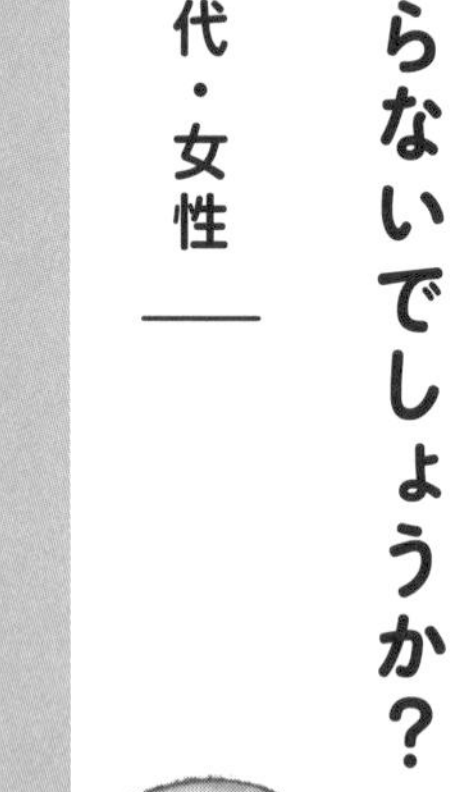

七万人の父となる男……デン爺です。
戦前は、七〜八人兄弟がいるのは当たり前であった。共働きであれば子どもの面倒を見るのは困難を極めていたと思う。今ほど保育施設とかも充実していなかったからね。
私が結婚したのは一九六〇（昭和三五）年、その頃にはすでに核家族という言葉はあった。当初は、我々夫婦と長女、長男、次男の三人の子どもとの五人暮らし。ごく一般的な家族構成だったろう。

今は三人以上きょうだいがいるのも珍しくなりましたね。祖父母世代のようにきょうだいが多いのは、にぎやかで実に楽しそうです。きょうだいつながりの知り合いや従兄弟、甥姪の数もすごいことになりそうです。お年玉をもらう額も多そうですけど、払う額もそのぶん多くなりますね。

子どもたちはそれぞれ独立したが、事情があって長女の子どもを小さいときか

ら面倒見ることが多くなり、私と妻、私の母、そして孫との四人生活が続いた。母は阪神・淡路大震災の翌年に亡くなった。孫は留学していっとき離れたが、社会人になってからの生活の本拠地は現状のままなので、私たちとの生活は長い。

◆家のことを任せきり……な心理

質問者に反対するわけじゃないが、当時の自分についてのみ言えば、「男は稼ぎ、女は家庭を守る」――それが理にかなった形態だと言えば、今の時代非難されることは間違いないのは私もよくわかっている。しかし私の場合は、そのほうが個人的な実情に合致していた……と言おう。

世間がその考えなら、それに合わせたほうが多方面でスムーズ……ということもあるかもしれませんね。

誤解してほしくないのは、私は女性の権利や活躍を決して否定していない。私は女性の権利も能力も魅力もなにもかも認める、それどころか尊敬している。しかし、はっきり言おう。私のような男には家庭の仕事は大変すぎるのだ。それは甘えだ、やっていないから上達しないのだという女性陣からの批判も聞こえてくるが、時代遅れの昭和のじいさんの言うことと思って、いったん許してほしい。

デン爺は、最後の仕事を辞めて以来、妻であるおばあさまに家の手伝いをさせられるようになったそうですね。

時間もかかって、要領も悪いってよく怒られていらっしゃるそうですが、その歳から始めたなら、仕方ないかもしれません。

掃除や皿洗いは、時間がかかってもできるようになってきたが、料理はやっぱ

り難しい。やはりそもそも、私のような男には、家事の遂行能力がないのだと思う。

昔は「男性は家事をしない」というイメージがあったことは、なんとなくみなさんもわかるであろう。実際そのとおりで、家事を手伝うとするならば、重い物を運ぶ力仕事ぐらいだ。当時では珍しく車持ちだったので、買い物はよく一緒に行ったかナ。重い物を車に運んだ記憶はある。しかし、ほかはからきしなにもしなかった。

家計のやりくりはどうされていたんですか？

金の使い方については、私の勝手な判断が多かったかなと思うけれど、私は五五年間働いたが、後半の二〇年あまりは入金の全てを妻に任せていた。今も、年金以外の収入はないが通帳を見たこともない。昔から少ない残高で低空飛行しているはずだ。だから、任せているほうが安心なのかもしれない。

◆理想的な役割分担

加えて、同居していた私の母親も気の強い人だったので、妻は結構苦労したようだ。わかっていたならそれなりの態度を示して協力をしておけばよかったのだが、それができていなかったから、最近になって、ことあるごとに攻撃されて撃沈するのだ。「あのときはこうだった、ああだった」と責め（？）られるが、言い訳はしないことにしている。

夫側の両親が同居することも多かったとは聞きますが、そういえば、デン爺のお母さんは、電化製品もない中でどうやって家事を行っていたんですか？

私の母は、働きながら子育てをしていたね。私の一〇歳離れた妹が中学生になるまで競輪場の事務職をしていた。ちょうど母が六〇歳になるぐらいまで働い

たのだったかな。あの時代は便利な電化製品もなく、家事は特に大変であった。冬は洗濯をするとき、タライにお湯を入れてつけておいて、しゃがんで洗濯石鹸でごしごし揉んでいた。そしてそれを力いっぱい手で絞って干していた。食事においても、七輪に炭を入れてその上に鍋を置き米を炊いた。保存したい食べ物があっても冷蔵庫がなかったので、箱に氷を入れてそこに物を入れるだけ。北朝鮮にいたときは、現地の方がよく餃子をくれたんだけど、食べきれないぶんは外に置いて凍らせておいた。

おむつも布おむつだけ。部屋の掃除も掃除機なんてものもないから、ほうきとはたきを使ったりね。畳の掃き掃除は新聞紙をちぎってほうきで掃く。そうするとほこりが一緒に取れるんだ。新聞紙は油がついてるからガラスふきにも使えて重宝したよ。昔のちょっとした生活するうえでの知恵だね。

掃き掃除に関しては、今でも使えそうな知恵の気がしますね！

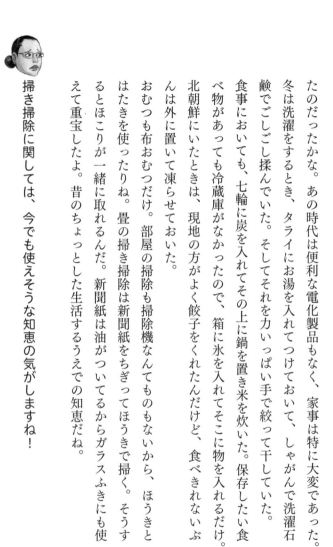

私の妻は専業主婦で、独身時代を合わせても一度も勤めたことはない。しかし掃除、洗濯、買い出し、炊事、片付け、子育て、教育、近所の付き合い、しかも時間の制限なし、それはそれは大変なこと極まりない。
冷蔵庫、洗濯機など電化製品が普及し始めた頃、「主婦は三食昼寝付きで楽だ」などと揶揄《やゆ》する向きもあったが、これは主婦へのとんでもない誤解だ。このデン爺は昔からよくわかっていた。だからダンナの収入は、家事労働をする主婦が稼いでくれた部分も含まれていると考えるべきだ。どちらかというと主婦が稼いでくれた部分が多いくらいだ。

家事も立派な労働という認識は、現代の男性に少しずつですが浸透してきたのかもしれません。

このように、家庭での仕事が満杯なのに、会社勤めまでするとなると、とても大変だ。

それなのに当時、働きに出ている女性に対して、世間は正直、よい評価を与えてなかった。「※髪結いの亭主」なんて言葉もあったぐらいだ。夫と離婚したか死別したか、もしくは家庭が莫大な借金を抱えているのではと疑われたからだ。そういった家庭の子どもたちは、同情はされても、よい待遇にはならなかった。

育った環境まで勘ぐられるなんて、たまったもんじゃないです！

時代も変わり、男女とも家事をする時代になってきた。料理、洗濯、掃除などいろいろあるが、得手不得手は夫婦おのおのにあると思う。得意分野ごとに分担でも構わないと思う。

私のように、妻に家事を任せきりだという男性諸君は、一通り基本的な家事ができるように、週ごと月ごとに担当を代わってやってみることをおすすめする。年老いて妻に先立たれたとき、いきなり苦手なものを自分で習慣化するのは難しいからね。

※髪結いの亭主……「妻の働きで養われている夫」の意味。

Q

僕の仕事が忙しく、子どものことを
妻に任せきりにしてしまっています。
妻からは子どもたちのしつけに
協力してほしいと言われますが、
どう子どもと関わっていいか、
正直わかりません。

40代・男性

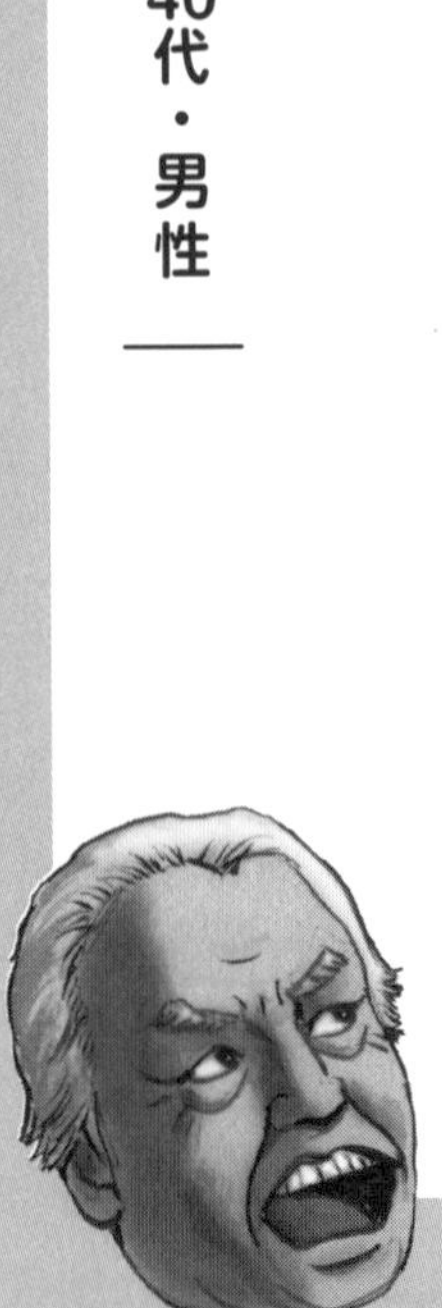

初心に帰りすぎて赤子になってしまう男……デン爺です。

昭和の親父というと、子どもたちへガミガミ説教し、テストで悪い点を取ろうものなら正座させて遊びに行かせない……みたいなことを想像する方々もいるだろう。

しかし私デン爺、実は、進学のことで子どもたちに喧しく注意したことはない。子どもたちが優秀だったからとかいうことでは全くない。進学の時期の折々で、それなりの意見はしたと思うが、あまり覚えていないほど、大したことは言っていない。理解のある親父のようだが、決してそうではない。むしろ、子どもたちの教育に関しては実のところ反省はしている。もっとも、私が関与したほうがよかったかというと、わからないが……。

その点については放任主義だったということでしょうか。何が正解かはわからないものですね。

子どもにとって大切な時期に、真剣に子どもと向かい合うことをせず、妻の報告を聞いて「よきに計らえ」みたいな感じで逃げていたわけだ。全く無責任な親父だったと言える。

今なら「子どもにもっと関心を持って」と怒られそうです。昔の親父というのは、子どもたちの相手や家事はしないのに、進路や勉強についてはうるさく言うものというイメージがありましたが、デン爺は違ったんですね。

もっと子どもとこういう話をして、こういう関わり方をしたかった……と、思うこととかはありますか？

今となって思うことは、かなりある。子どもが幼少期から成人になるまで、当時の背景として残業が当たり前の時代だった。工場で管理職をやっていたが、当時土曜日は基本的に仕事で日曜日しか子どもと会えない。しかし、家にいるときは疲れ果てて寝ていた。それか時々、会社の付き合いでゴルフがあった。

子どもと一緒にいる時間を増やしてあげたかったね。もっと一緒に遊んでやればよかったとても後悔している。

しかし、未だに「これを話したかった」なんてものは、なぜかない。生活にしろ進路にしろ、子どもとの話し合いは妻に任せて逃げていたというのが正解かもしれない。

今は男性が育児休暇を取るのも推奨されていますが、当時はそもそも育児休暇というのはありましたか？

制度がそもそもなかったし、当時は「稼ぎは全て男、家事は全て女」という風潮なので、とんでもない話だ。

というか、そもそも育児休暇の需要がなかった。たまに子どもが体調悪い、運動会だから休むという人もいたが当時は何言ってるんだという感じだったね。全く理解できなかったと思う。私もその感覚はあったよ。

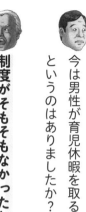

今は大いに育休を活用すべきだと思う。男女とも働いているし、会社とか組織も世の中の動きに合わせて従業員が使えるよう変わっていくべきだろう。

◆「昭和のカミナリ親父」の生態

しかし昭和の父親というのは、多かれ少なかれ、私のような人が多かったと思う。みんながそうだったわけじゃないけど、強権的で独裁的。子どもは、なんでも自分の言うことを聞くもんだと思っていたと思うし、気に食わないことにはちゃぶ台をひっくり返して怒る。多かれ少なかれ、ああいう感じじゃないかと思う。

決して、親が子どもをかわいがらなかった、かわいくなかったということではないんだけど、考え方が根本的に違っていた。

今の時代は親子の関係性も変わってきて、見ていると親御さんは小さな

子どもの頃から対等に話しているように見えるが、それはとてもよいことだと思う。我々の頃はそれがわからなかったな。

かわいがる気持ちはあったとしても、暴君に見えてしまいますね！　でも昔は、それが普通だったんでしょうね。当たり前や常識というものは、変わっていくものなのですね。さらに昔、デン爺の父親はどうでしたか？

私の父親は酒飲みで、プライドの高い男だったと思う。物書きもしていたこともあって、「自分は人とは違う」というような気持ちを持っていたんじゃないかと思う。はっきり言って、あまりいい思い出がないんだな。

なかなか聞いてるだけでもとっつきにくそうな人だと感じてしまいました……。楽しく遊んだ記憶などはありますか？

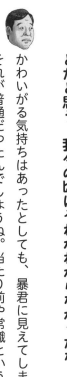

北朝鮮にいた頃だと思うけど、父親も仕事で忙しかった中、釣りに連れて行ってくれたことがあった。私は父が漕ぐ自転車の後ろに乗って、近くの海に連れて行ってもらった。

そこで、小さなふぐを獲った。今思えばかわいそうだが、そのふぐのお尻に、むぎわらみたいなストローを挿して、ふうと息を吹くとふぐのお腹からふくらんできて、まるで風船みたいにパンパンになる。まったく今では考えられない遊びかもしれないが、そんなふうにして遊んだ覚えがあるな。

◆昭和の教育はスーパーブラック

やはり昭和の父親はとてもよく怒ったし、よく手を上げた。

私の父は酒飲みだったが、私が六年生くらいの頃、「酒を買ってこい」と私を呼びつけた。決して「買ってきてくれないか」と頼むんじゃない。「買ってこい」という命令だ。

しかしあるときの私は、用事があったかなにかで、「今は行けない」と断ったのだが、それが運の尽き。「口答えするな」と、バンと叩かれてよろけたことがあった。

「なんだこの父親は」ともちろん思ったけど、決して口答えはしなかった。なぜなら、それがあの頃の父親と子どもの一つのあり方だったからだ。

正直な感想を言うと、酷い父親だと言わざるをえないのですが……。今は、子どもはお酒や煙草を買えないというのはもちろんありますが、自分の嗜好品を子どもに一人で買いに行かせ、拒否すれば殴るというのは、今なら虐待と言われてしまいます。こういう環境で育つと子どもはグレてしまいそうですが、デン爺がそうならなかったのは素晴らしいですね。グレるタイミングすら与えないほど徹底した権威主義であったのかもしれませんが……。

でも昔は教師も暴力をふるっていた。体罰は当たり前のことだった。

印象に残っているのはいくつかある。まずは中学生の頃だ。当時は、宿題を忘れたりすると、漫画に出てくる場面そっくりそのまま、その場で授業が終わるまで立たされているか、水を入れたバケツ二つを両手で持ち、廊下に立たされることがあった。

後者は特にきつく、後半になってくると手の感覚がなくなり、落としてこぼしてしまいそうになる。しかしそうなると結局自分で掃除しないといけなくなるので、つま先を立ててそこにバケツの底を当てて体力温存するなど、知恵をめぐらせた思い出がある。友人の場合は片足立ちを先生から命じられたこともあったが、あれは拷問の一種だなと今となっては感じる。

体罰の定義もさまざまありますが、それはまるで漫画に出てくるような情景ですね。

ほかにも、授業中頭を叩かれたりチョークが飛んできたりと、とても集中でき

る環境だったとは思えないね。

高校生の頃ですらよくあった。当時は高校一年生だったと思うが、習字の第一回の授業でなにが理由で教師が怒っているのかよくわからないまま、全員一列に並ばされ順番に殴られたこともある。某学園もの映画のように、なにか明確な理由があったわけでもなかったはずなので、より理不尽に感じた。今では即刻教師が罰せられるどころか、メディアで報道されてしまうレベルであろう。

当然、中にはそんな体罰をしなくても生徒が言うことを聞き、尊敬される教師もいたので、やはり体罰は指導力のなさを自ら認めているようなものだと思う。

情けないことですが、指導力がないゆえに暴力に頼ってしまう……ということもあるかもしれません。今なら問答無用でアウトですが……。

教師や父親からしたら教育のつもりだったかもわからないけど、今思えば手を

上げるのはやはりよくない。なかなかうまく行かないときもあると思うが、親が子どもを叩くっていうのは、まずやめたほうがいいと今は思う。

子どもの気持ちをよく考えてやるべきだけど、あまり甘やかしすぎるとまたいかんというのが、子を持つ親の共通の悩みだろう。みなさんいろいろ考えてると思うけど、その塩梅が難しい。**子育ての正解なんていうのはないのかもしれないが、少なくとも、子どもにまっすぐ向き合うべきだったと今は思う。**

まっすぐというのは子どもの全ての言葉に耳を貸すことだ。めんどくさいなと思っていい加減に対応してしまうと、子どもはなにも言葉や情報を与えてくれなくなる。

◆父親の自覚が生まれるとき

デン爺が初めて子どもを授かったときは、夫婦で「こうやって子育てしていこ

う」などと話し合いはしましたか？

長女、つまり最初の子どもの懐妊がわかったのは、一九六一年。私が二四、五歳くらいのことだった。大学を卒業して割とすぐだった。

懐妊を知ったときは驚いたね。自分もいよいよ父親になるのだと思ったが、最初は実感がなかった。

赤ちゃんが誕生するまでの一〇カ月の間に、父親としての気持ちも育まれていったような気がする。

でも、その過程で話し合うことなんかはなかったな。先程のとおり、妻に任せっきりだったし、妻がわかってくれると思っていた。大変な怠慢だった。

ただ、後にそのお産があそこまで大変なことになるとは思ってもみなかった。

なにかあったんでしょうか？

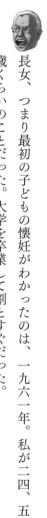

長女は予定より一〇日早め、帝王切開で生まれたが、妻が妊娠中毒症というのになったのだ。最悪の場合、妻も赤ちゃんも両方亡くなるという可能性もあった。それがあったからとは言わないが、やはり子どもが生まれた喜びは大きかったよ。

病気にはどのタイミングで気付いたんですか？

もともと妻は妊娠中から大きめの産科専門の病院に行き、検査を受けていた。しかしその日の夜、私が会社から帰ってきて妻が玄関で出迎えてくれたとき、急に妻がひっくり返って七転八倒して苦しみだした。いきなり血圧が上がって、いわゆる子癇《しかん》と呼ばれる状態になり、すぐに医者を呼んだ。その医者も、これは普通じゃないということで、すぐさま知り合いの別の開業医さんのところに運び込むことになった。確か、夜九時頃だったと思う。

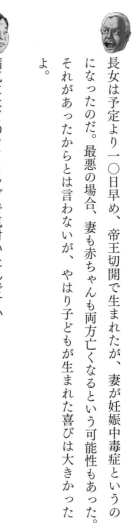

ちょうど発症するタイミングで帰ってこれたのが不幸中の幸いかもしれませんね……。すぐ病院に連れて行くことができたんですか？

来てくれた医者の車で運び込んだ。そこは個人医院だったが、すぐにこれは帝王切開しないといけないということで、すぐその場で手術に変わった。

まさか個人医院の診療台で手術をするなんていうのは、今ならありえない。しかし状況が状況だったようで、その先生は「ここで自分がなんとかするしかない」と思ってくださったのだと思う。大きな体で、元軍医さんだった記憶がある。

手術室の外、ドアの横で待っていたんだが、妻がもう聞くのも耐えられないようなつらそうな大声をあげるので、こちらまで意識がすうっと遠くなるような感じがした。

妻の口には、舌をかみきらないように割り箸をかませていた。あまりに大きな声を出すんで、麻酔がきいてないんじゃないかと非常に気をもんだ。必死だったのではっきり覚えてないが、たしか手術の時間は一時間くらいだったと思う。

誰でも妻がそんな状態になれば、正気を失いそうになると思います。病気に至るまでの前兆などは、それまでなかったのでしょうか？

それまで産科専門の大きな病院に通って指導を受けていながら、なぜそういうことになったのか後から調べてみると、どうやら血圧を測ってなかったんだという。母子手帳を見ても、本人に聞いても血圧を測ってなかったようなのだ。今は医療が行き届いてるからそういうこともないだろう。今の時代にこんなことがあったら大きな問題になるに違いない。

子癇は当時、よくても一人は助からない。母子二人とも亡くなってもしかたないと言われたんだけど、母親も赤ちゃんも大丈夫だったのでなによりだ。あのときのお医者さまが、いまだに元気でおられるなら、あらためて感謝を申し上げたいと思っている。

Q

マッチングアプリで婚活をしています。どんな人と結婚するのがよいと思いますか？

20代・女性

マッチングアプリで自分にイイネする男……デン爺です。
高齢者のみなさんのために説明すると、マッチングアプリとは、インターネット上で「恋人」や「結婚相手」の候補となる相手を探し、引き合わせるための、自動電子仲人サービスと言えるものだ。
今は自由恋愛でお互いが好きな者同士が結婚するのは当たり前だが、当時はお見合い結婚する家庭も多数あった。仲人はマッチング屋さんというべきか。

どんな人が仲人になってくれるんですか？

仲人になる人は、新郎新婦と関係性の深い友だち、職場の上司や学校の恩師などのケースが多いかな。どちらかというと新郎が探してくるケースが多かったように思う。今はマッチングアプリで知り合って結婚する人も多いので、仲人なんて不要かもしれないね。

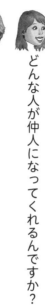

デン爺はお見合いだったんですか？

私は、今の妻とは中学生だった頃に同級生の妹として出会い、最終的に結婚に至った。そのためお見合いの経験はないのだが、まわりの話を聞くと写真を見て気に入った人を選び、お見合いをセッティングしてもらうようだった。それどころか、顔も当日のお楽しみ、なんてケースもあったようだ。お見合い当日は、互いに親（大体は母親）と来て一緒に食事をし、その後二人で散歩して気に入れば、後日再度会う……みたいな流れらしい。

今私のまわりで、親がお見合いをセッティングするという話はあまり聞いたことがありません。友だちの紹介やアプリで出会う人が多いと思います。結婚相談所に通っているという人も聞いたことがありますね。

アプリはすっかり定番になりましたが、異性へアプローチできる範囲や回数は、昔と比較にならないほどだと思います。

女性の場合、毎日数えきれないほどイイネやメッセージが届くので、不毛なやり取りばかり増えていくこともあります。便利なものとも思いますが、だからといって簡単に結婚できるものではないというのが実情だと思います。

◆三〇歳過ぎの独身女性が「行かず後家」と言われた時代

当時、特にいくつまでに結婚……というのはなかったと思うが、二二歳、二三歳で結婚するのがベストとされていただろうか。少なくとも「子どもは早めに作っておいたほうがいい」というのはあった。平均寿命も関係しているとは思うが、女性は三〇歳を過ぎれば「行かず後家」と言われたほどだ。まったく酷い話だ。

当時、一般的に女性は炊事洗濯、いわゆる家事ができて当たり前とされていた。「花嫁修業」というのが一般的だったくらいだ。高校生くらいから、料理教室や洋裁教室に通うそうだ。妻の場合はほかにも、茶華道さえも女性を磨くために習わされたと言っている。

二〇歳か一〇代後半ぐらいから結婚に向けた家事訓練を始めさせるなど、女性の親は特に結婚に必死だった。女性が二〇代半ばになると、相手の男性に対して「結婚するんだろうな？　ここで別れたら自分たちの娘は後がないんだからな？」と言わんばかりの圧力をかけたものだ。

どういう男性が具体的に理想的とされてたんでしょうか？　バブル時代は男性には「三高（高学歴、高収入、高身長）」というのがありましたよね。

旦那選びは経済的な基準が第一だったと思う。主に収入だとかどこに勤めているかだとかが重視された。イケメンだとか背が高いなど見た目のことや、学歴のことなどはまださほど重視されていなかった。

そうだったんですね！　いわゆる「三高」は、もうちょっと後の話だったんですね。

当時は女性の社会進出もあまりなかったため、単純に男性が稼がないと食っていけなかったからだ。子どもの数も今より多かったし、自分たちの親も同居したりしていたので、多くの命が男性の肩にかかっているとも言える。当時の男性に対し、家事をやってもらっているうえ、亭主関白で楽そうと言われればそれまでだが、稼ぐことへの重圧はすごいものを感じていたと思う。

◆離婚はタブーだった

当時は離婚というのはどう受け止められていたのですか？　夫婦の仲が悪く、平和でないなら離婚したほうがいいということもありますが……。

離婚歴はなるべく隠したいものだった。特に離婚した女性は大変つらい思いをしたと思う。家族からも心象を悪くされ、その結果実家にも帰りづらかったらしい。子どもがいた場合、母子手当などの保障もなかった。実家に戻っても「出戻り」と言われ、世間からの目は本当につらいものがあっただろう。男性の場合もよくは見られなかったが、女性ほどではなかったと思う。これも不平等というか、差別が意識に根付いているよね。

当時の離婚の原因で多かったものはなんだったのでしょうか？

詳しく知っているわけでもないので予想でいうと、暴力、甲斐性がない、などであろう。今と共通しているところも多かったと思うが、性格の不一致が理由で離婚っていうのはなかったと思うね。

長い間一緒にいるパートナーなんだから、相手によっては離婚したほうがよい場合もある。たまたまその時その相手と相性が合わなかっただけだ。

結婚する前の段階で見極めることも重要そうですね。どういうポイントを見ることが重要でしょうか。

結婚相手には価値観と距離感が合う人を見つけるべきだ。

価値観は、特に娯楽に使う金銭についての感覚。生活費に関する価値観の共有は必須だとして、それ以外の部分については、なににお金を使うかは人の好みがはっきり分かれる。おいしい食事に使いたい人もいれば、旅行に行きたい人もいる。貯金できればよしという人もいる。なにが正解というのはないがゆえに、お互いの価値観のみで判断することになる。

私は毎日晩酌をするのだが、妻はこれが虫唾《むしず》が走るほど嫌いで理解できないらしい。なぜ酒なんかに金を使うのかとよく言っている。私が小遣いの範囲内でやりくりしていても、こういった論争は少なからず起きる。

ほかは何かありませんか？　適度な距離感というのは、夫婦の間でやっぱり必要だと思いますか？

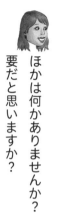

距離感に関しては、いつまでも近くでべったりしていたい人と、もう片方はなるべく自分の時間がほしいという人であればうまくいくはずがない。その時間が多いほど苦痛でしかないからね。

この二つは、結婚前にできるだけ摺り合わせをしておきたいところだね。

おわりに

本書を最後まで読んでくれてありがとう。

YouTubeを始めて四年。「八〇代のじいさんがやっているから」と、みなさん大目に見てくれているところもあるだろう。

みなさんに温かく見守ってもらいながらこれまでやってこれたと、あらためて感謝を申し上げたい。

YouTubeの撮影もしかりだが、本書の執筆にあたって若いみなさんの考え方を知るうえで、近くに住む孫に助けてもらう部分も多くあった。

孫は三〇代。私の過ごした時代と現代とを比較する中でいろんなことを二人で話し合ったが、それぞれの時代にそれぞれの苦難があるということを再認識した。

少しずつよくなっていることもあれば、中には後退していることもあるかもしれない。三歩進んで二歩下がるといったところか。

しかし、世代を超えて語り合うことをやめなければ、一歩ずつ着実に前へ進んでいけると思う。ささやかながら、これからもその架け橋になれたらと思っている。

本書をお読みいただいた読者のみなさん、視聴者のみなさんから要望や反響があれば、高校のボクシング部時代編や、より深い北朝鮮の話など、書籍に書ききれなかった内容についての動画を作りたいと思っている。感想や要望などをお寄せくださるよう、ぜひお願いしたい。

おかげさまで私の動画は、高評価率が非常に高い。低評価をいただくことが非常に少ないのだ。これはひとえに視聴者のみなさんのご厚意だ。これからもぜひ、温かく見守っていただければ幸いだ。

今回、「デン爺」の由来になった『絶体絶命 でんぢゃらすじーさん』（小学館）の曽山一寿氏に、私のペンネームにご理解をいただいたことを深くお礼申し上げたい。

また、昭和の雰囲気漂う素晴らしいイラストで本書を彩ってくれたイラストレーターの田川秀樹氏にもこの場を借りてお礼を伝えねばならない。

そして最後にもう一度、みなさんに感謝を申し上げ、本書の締めくくりとさせていただきたい。心からありがとう。

令和五年六月吉日　デン爺

デン爺（でんじい）
1937年（昭和12年）、現在の北朝鮮に生まれる。８歳のときに日本に引き揚げる。大学卒業後、初任給は8000円の時代に就職。49歳で脱サラし起業。不動産業に従事する。現役引退後は、三元号にまたがる記憶を後世に伝えるべく日々YouTube投稿を頑張っている。日課はシャドーボクシング。

あゝ、旧《ふる》き良《よ》き昭和《しょうわ》根性《こんじょう》

2023年６月15日　初版発行

著者／デン爺《じい》

発行者／山下　直久

発行／株式会社KADOKAWA
〒102-8177　東京都千代田区富士見2-13-3
電話　0570-002-301（ナビダイヤル）

印刷所／凸版印刷株式会社
製本所／凸版印刷株式会社

●お問い合わせ
https://www.kadokawa.co.jp/（「お問い合わせ」へお進みください）
※内容によっては、お答えできない場合があります。
※サポートは日本国内のみとさせていただきます。
※Japanese text only

定価はカバーに表示してあります。

ISBN 978-4-04-605386-2　C0095